O MISTÉRIO DO CAPIONGO

TEXTO E ILUSTRAÇÕES
JOAQUIM DE ALMEIDA

editora scipione

O mistério do Capiongo

Gerente editorial	Fabricio Waltrick
Editora	Lígia Azevedo
Editora assistente	Fabiane Zorn
Apoio de redação	Sara Souza
Preparadora	Andressa Bezerra
Coordenadora de revisão	Ivany Picasso Batista
Revisoras	Cátia de Almeida, Ana Luiza Couto

ARTE

Capa e projeto gráfico	Thereza Almeida
Ilustração de capa	Joaquim de Almeida
Coordenadora de arte	Soraia Scarpa
Assistente de arte	Thatiana Kalaes
Estagiária	Izabela Zucarelli
Tratamento de imagem	Cesar Wolf, Fernanda Crevin

CIP-BRASIL. CATALOGAÇÃO NA PUBLICAÇÃO
SINDICATO NACIONAL DOS EDITORES DE LIVROS, RJ

A448m

Almeida, Joaquim de, 1981-
O mistério do Capiongo / texto e ilustrações Joaquim de Almeida.
- 1. ed. - São Paulo: Scipione, 2014.
120 p.: il.

Inclui apêndice
ISBN 978-85-262-9212-3

1. Novela infantojuvenil brasileira. I. Título.

13-02316 CDD: 028.5
CDU: 087.5

ISBN 978 85 262 9212-3 (aluno)
ISBN 978 85 262 9213-0 (professor)
Código da obra CL738551

CAE:467560
2018
1ª edição
6ª impressão
Impressão e acabamento:Bartira

Av. Otaviano Alves de Lima, 4400 – CEP 02909-900 – São Paulo, SP
Atendimento ao cliente: 4003-3061 – atendimento@scipione.com.br
www.scipione.com.br

Para meus pais,
Laura e Hélio,
com amor.

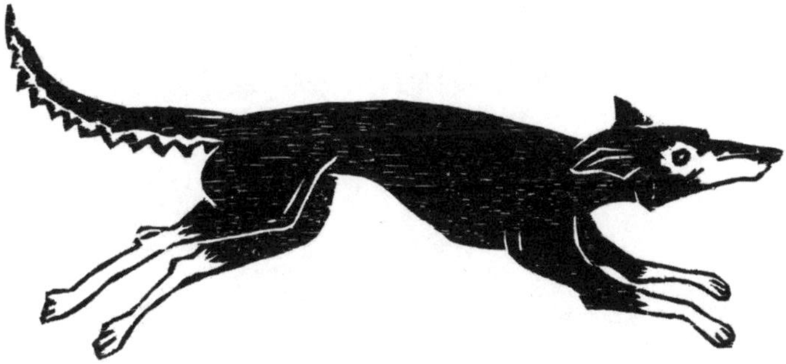

SUMÁRIO

Prefácio 7

Introdução 13
Anjos Investigação 15
Patos 19
Umbelina 23
Retratos 28
Pedra Cristalina 36
Entre besouros e vermes 41
Mil mugidos 45
Espírito velho 50
Salus 55
José Capiongo 61
Fé 67
Tristeza 73
Veredas 76
Tiros na escuridão 79
Maldito 85
Refrega 89
Mais uma alma... 91
Olhos do coronel 96
Túmulo 98
Flor de mandacaru 102
Juazeiro 105
Maria Januária 108
Sino-salomão 110

Saiba mais 115

PREFÁCIO

Prefaciar Joaquim de Almeida foi um convite que me pegou de surpresa. Recebi o original de *O mistério do Capiongo* e li de um sorvo só. Leitor compulsivo, o regionalismo é uma de minhas paixões. Já li de tudo um tanto, do *Cabeleira* de Távora ao *Bugre* da literatura juvenil de Francisco Marins, João Simões Lopes Neto, Guimarães Rosa, Mario Palmério... Segui navegando entre tantos outros maravilhosos autores que fazem da literatura regionalista um delicioso pasto para os olhos e a imaginação. Imaginação ainda mais exacerbada de quem viu desde criança o boi bravo, a vaca parida que escondeu o bezerro, o potro redomão e as assombrações que povoaram a infância de outros que, como eu, tiveram a oportunidade de conhecer o velho Brasil rural.

O talento brota de forma surpreendente em imagens de um sertão que nos faz sentir de perto as mais caras tradições de nossa rica literatura regionalista.

A leitura de *O mistério do Capiongo* é uma imersão num mundo que transpira magia, ação e medo, nos olhos das reses encantadas, no suor de Meia-noite e no arfar de Nevoeiro.

Raimundo é um elo entre dois mundos que transita entre a fé e a ciência moderna. A máquina fotográfica, a máuser, os rolos de filme e até o trem para o sertão são sopros de modernidade estranhos ao sertão das boiadas encantadas, que num misto de Suassuna e Palmério vão nos surpreendendo a cada página.

Joaquim desponta aos meus leigos olhos como um talento nato que encontrou na Patos de seus avós a inspiração mágica que nos leva a *O mistério do Capiongo*. É literatura que honra nossas mais caras tradições de reprodução da magia que povoou o sertão e as infâncias em um país onde só recentemente a população urbana superou a povoação da roça.

Mas não é só. Este Brasil sem estradas, em que os deslocamentos mais simples eram verdadeiras epopeias, teve na cultura do boi um de seus mais altos pontos de imersão na vastidão do mistério que Juca tão bem traduz.

Joaquim nos oferece a oportunidade de sentir o cheiro do boi bravo e do fantasmagórico e putrefato rebanho fantasma. Sentimos o arfar de medo e o olhar esgazeado da rês apavorada.

O mistério aparece de forma impositiva e, mais uma vez, prazerosa e surpreendente, num linguajar que nos leva à Paraíba, à Patos do século XX. Terra de Sindú, bisavô de Joaquim que ele não conheceu, mas que, grande figura, foi chefe de polícia durante décadas numa sociedade rural onde a violência era regra. E, como policial, nunca portou arma de fogo e mesmo assim era respeitadíssimo por todos como responsável pela ordem — que mantinha com enorme competência.

Juca é legítimo herdeiro de seu bisavô e sua bisavó Boinha, que, apesar de Sinhá importante, pegava da rabeca e tocava no coreto de Patos até de madrugada. Seu livro nos traz personagens e cenários do mais puro mistério, da mais pura magia e do mais puro regionalismo.

Mas falar de Nevoeiro, de José Capiongo, de Umbelina, Meia-noite e tantos outros personagens é revelar apenas uma face deste mistério que nos leva ao contexto de sua rica criação com imagens que transpiram, que arfam e que transmitem a inquietude e o sofrimento das almas que vagam sem sossego e dos infelizes assustados que com ela se deparam.

Desenhista de mão-cheia numa família de criativos e talentosos artistas, Juca enfrenta o fantasma de seus brilhantes mentores familiares e traduz, sem pudor, em imagens gravadas, a sedução e a magia que espraiam de sua literatura.

Obra completa de imagens e "vozes escritas" que nos permitem sentir o cheiro do medo e do desespero, *O mistério do Capiongo* não merece ser apenas lido: sorvê-lo seria mais adequado e mais proveitoso para aqueles que apreciam as artes de escrever e de ilustrar.

Que fiquem gravados, na nossa retina e na nossa imaginação, os mistérios dos que se aventuram a desenterrá-los, com todos os riscos que esta aventura deliciosamente irresponsável chamada *criação* nos oferece aos olhos, ao espírito e à alma.

Luiz José Bueno de Aguiar

Advogado formado na Faculdade de Direito da
Universidade de São Paulo em 1976, filho,
neto e bisneto de fazendeiros e ávido leitor do que
lhe caía nas mãos, estudioso da história e das
estórias do campo e do Norte e do Nordeste em particular.

Juazeiro, juazeiro
Me arresponda por favor
Juazeiro, velho amigo
Onde anda o meu amor

Humberto Teixeira e
Luiz Gonzaga

INTRODUÇÃO

Nunca botei fé em mandinga, reza ou encanto. Gato preto, espelho quebrado, oração de salvaguarda, sal grosso, Sexta-feira 13, tudo mera conversa pra boi dormir. Enxergava o mundo pela razão. Peça bem apeçonhada na cintura e um bocado de disposição resolviam qualquer peleja.

Só isso parecia fazer sentido até o dia em que quase dou com o tangolomango e vou de encontro à morte. Se não fosse o sino-salomão desenhado na areia, Capiongo reinava...

ANJOS INVESTIGAÇÃO

1951. Faz tempo. Eu ainda era novo. Depois de passar anos no quartel em Resende, no Rio de Janeiro, voltava para João Pessoa, terra natal. Lutara na Segunda Guerra ao lado dos Aliados até a ocupação da Alemanha. Fazia parte dos paraquedistas enviados por Vargas e perdera quase todos os companheiros logo no início da campanha.

Cansado de toda aquela ladainha de patente, tinha saído do Exército e acabara de abrir a Anjos Investigação. Também, depois da confusão com aquele fulano tenente, ou pedia pra sair ou acabava exonerado da corporação. O homem tinha as costas quentes e não importava para o comandante do batalhão se ele contrabandeava armas ou não. Era a minha cabeça que deveria cair.

Quinta-feira, quase meia-noite. Hora já era tarde. Economizava os trocados para pagar as contas daquele mês. O ramo da investigação seguia fraco na cidade. Todos bem casados, desconfiança passava longe dos corações, nenhum defunto, roubo ou mesmo briga por herança. Os únicos que sobravam e atraíam problemas não tinham condições de me pagar — e geralmente resolviam tudo na ponta da faca.

Já havia arrumado todos os arquivos, que infelizmente ainda eram poucos, e me preparava para sair. Precisava pegar o último 767, ônibus que levava para a minha casa, no bairro do Alto do

Céu. Prestes a alcançar a porta, entraram no escritório dois homens: um tal de coronel Malachias e Sobrancelha, seu jagunço.

— Raimundo dos Anjos é o senhor?

— Eu mesmo. Em que posso ajudar?

Bigode lustroso, chapéu-panamá na cabeça e roupa engomada, o sujeito tinha um ar sombrio. Franzino e de olhos profundos, aparentava jeito muito jovem, mas sua voz pigarreada e trêmula trazia homem antigo. Achei aquilo estranho demais, porém depois acabei deixando de dar mais atenção. Afinal, precisava de trabalho.

Sentou-se na minha frente e pedia insistentemente para solucionar um problema misterioso em suas terras, além, é claro, de um gole de cachaça.

— Olhe aqui, seu capitão, boiada nenhuma para naqueles cercados. Ninguém conseguiu descobrir o que diabos acontece... Desse jeito, vou à falência! Perdi quase todas as minhas reses e mais de cem mil cruzeiros! — Falava e gesticulava em um tom arrogante, enquanto a fumaça de seu charuto e o gemido da cadeira davam conta da sala. — Vim de longe até a cidade grande para pôr fim nesse assunto. Saiba o senhor que fama sua já cruzou a zona da mata e chegou no sertão. Resolva isso logo, que pago o que for necessário.

Onde já se viu coronel com negócio ruim? Com o tanto de ouro nos dentes e anéis que usava, eu podia pôr as botinas para o alto e me aposentar, pensei.

— Para resolver seus problemas, são 25 mil cruzeiros, seu coronel — pedi alto, afinal de contas, o homem tinha como arcar com o valor.

— Pois bem, Raimundo dos Anjos, acertado. Agora, escute bem: vou para o Sertão do Gavião, ver minhas outras terras, e volto em 15 dias para Patos. Veja bem, até lá quero isso resolvido, não me venha com vírgulas, reticências ou aspas. Exijo ponto-final nessa questão!

Devia de ser coisa simples: algum ladrão lazarento da região ou até mesmo uma cerca furada. Além do mais, eu precisava do sal. Então, sem mais delongas, aceitei a refrega.

Sobrancelha entregou metade do valor acordado em espécie e um envelope com uma passagem de trem João Pessoa—Patos. Quando seu rosto saiu da penumbra, pude compreender o apelido: só havia uma sobrancelha naquele rosto cheio de cicatrizes e judiado pelo tempo. Em uma folha de cordel amassada, escreveu com grafia desajeitada "Umbelina du Bandolim" e, antes de sair, o jagunço alertou:

— Ô, seu capitão, tome cuidado, cabra! Pois, em terra de pedra e sol onde homem mata homem, a secura engana os olhos: boi some na sombra, água sobe ladeira e sapo vira gabiru. Procure por Umbelina na fazenda Ilhas.

Assim que os dois se foram, uma sombra cruzou o recinto e fechou a porta violentamente. Um vento quente derrubou todos os papéis que repousavam sobre a minha mesa. Achei estranho, mas não liguei muito para o acontecido e fui para minha casa na beira do rio Sanhauá.

No caminho, sentia uma presença forte me seguindo, mas não pude avistar nada...

PATOS

Máquina fotográfica, ferro frio, quatro rolos de filme, roupas, coldre e pistola máuser na mala. Dia seguinte, quase quatrocentos quilômetros de viagem em cima dos trilhos para o coração do sertão.

Enquanto o monstro de ferro soltava vapor pelo nariz, o mar com sua brisa salgada, os coqueiros e os canaviais nos arredores da capital se distanciavam, deixando saudade no coração. A paisagem se retorcendo e ficando mais árida: domínios da caatinga, "mata branca" em tupi-guarani.

O trem rodava estrada arriba e, pela vista da janela, cidades que passavam: Sobrado, Gurinhém, Ingá e Campina Grande. No caminho, fiz amizade com Ascêncio Minervino, simpático vendedor de peles que circulava pelo sertão nordestino.

Homem pequeno, falava sem parar. Contou da sogra, das doenças que teve nas suas andanças e das lutas sangrentas entre os índios cariris e os fazendeiros durante o século XVII na região.

Antes de chegar à cidade, cruzamos uma ponte extensa sobre o que deveria ser um rio. Em vez disso, corria somente um tímido fio d'água.

— Na temporada de chuvas, os moleques pulam da ponte e navegam entre galhos e troncos nas águas furiosas do rio Espinharas. Coisa rara por estes lados — assim explicou o cabra.

O relógio marcava meio-dia assim que chegamos ao destino. Um calor da peste deixava o corpo da gente mole, e o suor queimava a pele.

Quero que você me diga o nome de quatro meninas
Quero que você me diga o nome de quatro meninas
Diga Odete, Marinete, Rosinete e Orelina

Na batida do pandeiro, um tal de Azulão cantava a embolada das meninas na estação ferroviária de Patos. Ao lado, a feira livre corria solta e ajuntava pessoas de vários cantos da cidade. Frutas, raízes, cordéis, sementes e remédios para calvície, brotoeja, dor de cabeça e mal de figo eram vendidos, em meio a debates, gritos e acertos sobre preços.

Em um carro de boi, toda a família de Ascêncio o aguardava ansiosamente. A mulher chamava-se dona Borborema e, de dimensões avantajadas, tinha o dobro do tamanho de seu marido. Os filhos se esparramavam para fora do veículo e contavam mais de 11: Manuelzinho, Olívia, Nilo, Ezequiel... Eram tantos que esqueci.

Depois de grande insistência para ajudarem, acabei aceitando condução até a fazenda. Dois zebus puxavam a carroceria com muito esforço; Borborema tentava me arranjar encontro com alguma de suas primas e as crianças não paravam de fazer algazarra ao longo da estrada. Na porteira, antes de se despedir, Ascêncio Minervino perguntou coisa que, por milagre, até então não tinha perguntado:

— Agora diga, Raimundo. O sinhô saiu da capital para fazer o que em nossa grandiosa cidade? Vosmecê é parente do coronel?

Tão logo lhe expliquei a missão para a qual havia sido contratado, Ascêncio e Borborema ficaram pálidos, as crianças se botaram a berrar e o carro de boi saiu tropicando.

Levantando poeira, desapareceram na linha do horizonte.

UMBELINA

A casa-grande erguia-se no topo do morro, junto de pedras afiadas e ameaçadoras. Construção velha, cheia de rachaduras nas paredes, com pé-direito alto, portas e janelas amplas, além de pintura desgastada. Parecia esquecida do mundo.

Ao redor, espinhos de xiquexiques, quipás e coroas-de-frade davam uma sensação confusa. Enquanto a curiosidade coçava, a intuição dizia: *Vai não, homem!* E, apesar do calor infernal, uma brisa gelada corria por debaixo da camisa...

O sal já estava no bolso e tinha dado minha palavra. Não havia jeito de voltar atrás. Então subi os degraus da escadaria principal, bati palmas e não obtive resposta. Fazenda abandonada, imaginei. Arrodeei a varanda e fui até os fundos para ver se encontrava algum vestígio. Daquele ponto, uma música se misturava aos chamados de um carcará.

Seguindo a melodia, caminhei em torno de cem metros por uma trilha estreita cercada de plantas espinhosas. Mais embaixo, encontrei um barraco velho repleto de cabrestos, selas e apetrechos para gado. À direita, um lugar descampado dava espaço para um umbuzeiro e, sob a sombra dos galhos, sentada de costas para mim, uma mulher misteriosa tocava bandolim. Possuía longos cabelos negros, que se juntavam às pinturas e ao contorno do instrumento.

Cantava sem notar a minha presença:

Olê muié rendeira
Olê muié rendá
Tu me ensina a fazer renda,
eu te ensino a namorá

Coloquei a mala no chão, me sentei e permaneci observando. A precisão e a leveza ao tocar impressionavam: os dedos corriam com destreza e facilidade, e as notas alegravam os ouvidos.

Umbelina, seu nome. Olhos d'água e traços indígenas. Aparentava 50 anos de idade e, assim que nos apresentamos, ela me conduziu para dentro do casarão. A luz mal penetrava na residência, sombria.

Portas e janelas rangiam ao serem abertas, teias de aranha se espalhavam nos móveis e retratos de rostos antigos nos observavam ao caminharmos. Para completar, sinistras cabeças de bois, bezerros e bodes decoravam os aposentos.

— Sinhô Raimundo dos Anjos, tenha bom descanso. Qualquer coisa, toque o sino da varanda para me chamar.

— Então quer dizer que a senhora não dorme por aqui?

— Durmo não, meu filho; casa aqui tem muita gente...

Naquele ponto, já desconfiava de algo fora do comum no caso. Minha razão se punha à prova e uma estranha sensação adentrava o peito.

Bagagem no quarto, decidi andar pelas redondezas antes do poente para procurar qualquer pista. Nos fundos do terreiro, encontrei no chão marcas recentes de cascos, que podiam me ajudar. Com escassez de chuva e abundância de sol, o solo guardava memórias valiosas.

Tentei seguir rastro, mas uma cerca de macambiras fechou meu caminho e pôs um basta na investigação.

Na volta, um latido desesperado repercutia na mata. Ora parecia estar atrás de mim, ora se tornava mais distante. Quase noite, tentei avistar. Mas, quanto ao cachorro, nada. Topei de frente com um tatupeba escarafunchando a terra à procura de vermes. Roncava o peludo papa-defunto.

Mungunzá na janta e, após um breve momento encarando um finado bovino estirado na parede do quarto, afundei nos lençóis.

A cabeça ia distante: bombas explodiam, gritos de desespero, metralhadoras disparavam e o Guina me chamava. Meu irmão tinha perdido a perna... Bastava deitar que os pesadelos da guerra me incomodavam.

De repente, no meio das tragédias: *Crashhh!!!* O candeeiro e os quadros despencaram, deixando cacos de vidro espalhados por todo lado. Enquanto a terra tremia, meu coração disparava. Sinos de rês e mil mugidos povoavam a madrugada. Seria minha imaginação? Não. Definitivamente não! Era tudo real.

Já teria descoberto o sumiço das boiadas?

RETRATOS

De pijama e pistola na mão, corri até a varanda pronto para um baculejo com os responsáveis. Mas, no instante em que fui para fora, o barulho sumiu e um silêncio absoluto reinava na caatinga.

Na companhia do vento e das estrelas, comecei a perceber que resolver o caso não seria tão fácil como eu supunha.

Sem jeito de dormir, noite adentro comecei a procurar algo de valia. Nas gavetas e armários descobri um oceano de documentos: atestados de óbito de parentes distantes, recibos de vendas de gado e escrituras de terras. Após enfrentar tempestades de números, vírgulas e letras miúdas, a vista prestava mais não. Decidi parar.

Galo cantou anunciando o raiar do dia e fui para o quarto, exausto. Ao abrir a porta, senti um cheiro diferente: tinha um frescor vivo de flores e trazia uma lembrança feminina. Verifiquei se havia algum frasco nos armários e móveis que pudesse emanar o perfume, mas não achei nada. Abri a janela e também não vi nenhuma planta que pudesse exalar aquele odor, havia apenas mandacarus. Provavelmente devia ser cansaço mesmo...

Prestes a pular de volta na cama, me deparei com algo sobre o travesseiro: três retratos em preto e branco, do ano de 1900.

O menor deles trazia o rosto de uma mulher jovem. Morena,

lábios marcantes e beleza notável. Em sua expressão, uma sensação de profunda tristeza atravessava a alma. Estranho: chorei, choro soluçado, como não fazia desde a infância em que perdera gente querida pelo mundo.

O segundo retrato era do próprio coronel Juvêncio Malachias na fazenda. Mostrava o homem sentado numa poltrona, com um charuto na boca e, nas mãos, alguns papéis. Tinha uma expressão maliciosa, mas o estranho era que sua aparência continuava a mesma, não havia mudado nada. Me certifiquei da data alegada, mas era realmente aquela...

A última fotografia, formato horizontal, desbotada e mais judiada pelo tempo, mostrava quatro vaqueiros na fazenda. Ao fundo, um barraco, dois cavalos — um malhado, o outro preto — e um cachorro magro no canto. Três dos vaqueiros apareciam nitidamente. Um deles, sujeito magriço de linhas angulosas; o outro tinha um sorriso amistoso e o terceiro, acho que o mais velho, bigode fino e rugas desenhando o rosto. Mas o quarto vaqueiro fugia do olho: sua imagem estava muito borrada e parecia envolto em uma névoa.

O curioso é que, além de estarem intactas, as fotos foram posicionadas na cama de forma proposital para chamar minha atenção. Impossível terem caído durante o tremor.

À medida que aumentava o envolvimento no caso, meu cérebro emaranhava e enganava a sanidade que ainda restava. Por dentro, a razão duelava com fatos inexplicáveis e as ideias se confundiam. Em que sentidos confiar, se a única hipótese que restava era a de que alguém havia posto os retratos naquele exato lugar?

Mas quem poderia ter feito isso? As portas e janelas estavam trancadas e não tinha mais ninguém na casa. E aquele cheiro feminino impregnado no meu quarto? Não havia flores, nenhum frasco de perfume e mulher nenhuma tinha estado por lá... Seria possível a loucura ter dominado meus pensamentos?

Enquanto o dia partia longe, com um saco de veludo encarnado nas costas, guardando seu precioso instrumento, Umbelina apareceu e botou o café na mesa. Vestido azul, lenço vermelho na cabeça e alpercatas ferradas. Sua tranquilidade contrastava com minha visível inquietação.

— Noite difícil, homem?

— Quem são estas pessoas? Que moça é essa? Os vaqueiros, quem são eles? — Aflito, eu queria entender a história por trás das fotografias.

— Nossa mãe de Deus, Raimundo dos Anjos! Como vosmecê achou isso?

— Junto com um perfume de mulher, apareceram na minha cama, após o tremor de terra desta madrugada. Vamos, conte logo, Umbelina!

Enquanto apoiava seu bandolim no banco, a mulher pediu calma, muita calma. Com gestos lentos, preparou uma cerveja preta com dois ovos crus, cortou um pedaço de rapadura e sentou-se à mesa. Degustou um pedaço do açúcar bruto e deu uma golada no líquido escuro e amarelado. Minha perna não parava de balançar pra lá e pra cá.

Por um instante, Umbelina observou os retratos em silêncio. Inspirou fundo e passou a me explicar:

— O sinhô tá mexendo em coisa antiga, não me alembro de tudo. Eu ainda era criança pequena nessa época. Vivia aqui na fazenda mais meu pai, Livino. Pai era vaqueiro, esse aqui de bigode e ferrão na mão. — E mostrou a foto dos vaqueiros.

— E os outros, quem são?

— O mais alto, Gentil Augusto. O que tem a boca sorridente, hum... deixa ver... Sim, claro: Salustiano de Cajazeiras, seu nome. Este último — aproximou o papel do rosto e cerrou os olhos para enxergar melhor — não dá para ver. Sei não, sinhô Raimundo.

— E como posso descobrir isso? Algum deles ainda está vivo para me ajudar?

— Painho já partiu desse mundo, que Deus o tenha, e Gentil caiu no cangaço. Acho que se tornou bandoleiro no bando de Antonio Silvino e depois se perdeu nestes sertões. Segundo o povo, se mandou para os lados da Bahia com uma nega chamada Quérenice. O único que talvez possa ajudar é Salustiano de Cajazeiras. Ele tem um pé de roçado na serra da Borracha, mas dizem que enlouqueceu.

— E como faço para chegar lá?

— São quatro dias e três noites de cavalgada, mas moço de cidade grande não pode andar sozinho por aí.

— Ora, dona Umbelina, deixe que isso é assunto meu.

Em tom de preocupação, aconselhou enquanto segurava minha mão:

— Faça isso não, homem! O caminho é difícil...

— Fique tranquila, não precisa se preocupar comigo, já passei por pior. — Tirei minha mão de cima da mesa e cruzei os braços. — Mas e quanto à moça? Quem era essa mulher de tristeza sem fim?

— Essa, meu filho, era Maria Januária. Uma das esposas do coronel Malachias.

— E o que houve com ela?

Umbelina fez parança e seus olhos se encheram de água.

— Por que essa expressão, Umbelina? Fazendo favor, mulher, me diga. Estou aflito por saber!

Depois de enxugar as lágrimas, Umbelina bebeu o restante da cerveja em um único movimento, tomou fôlego e continuou:

— Olhe, seu Raimundo, sei pouco sobre ela. Desapareceu quando muito jovem. Viveu quase nada, ainda mais vida de casada. Seu enterro foi feito sem corpo. No caixão, ninguém: somente uma flor de mandacaru. Seu túmulo fica perto do juazeiro, árvore mágica do sertão. — E apontou para adiante, em direção a um ponto verde que se sobressaía no horizonte seco. — Agora, posso lhe contar algo?

— Claro, a senhora pode falar qualquer coisa.

— Se eu disser que foi ela quem apareceu no seu quarto, vosmecê vai acreditar? O perfume só poderia ser dela...

Desta vez a parança foi minha. Mantive silêncio. Seria possível? Não, não podia ser. Não havia uma gota de razão em suas palavras. Logo, respondi seco e firme:

— Ora, Umbelina, deixe de história. Não há qualquer sentido ou razão nessa ideia. Quem morre, morre. Ponto-final. A guerra me ensinou muito sobre vida e morte. Não acredito em nada disso. Preciso de fatos reais e verdadeiros para a minha investigação.

— Está bem, Raimundo, não tome isso como ofensa, não está mais aqui quem falou. O sinhô é quem sabe.

— Mas me diga: e quanto à foto do coronel? Percebo que ele não envelheceu nada com o passar dos anos. Como isso é possível?

— Sei não, seu moço. Deixe isso de lado. — Incomodada com a conversa, Umbelina se esquivou das minhas perguntas, guardou seu bandolim dentro de um armário e passou a arrumar a cozinha.

— Umbelina, faça-me um favor: me leve até o juazeiro.

— Sim. Daqui a pouco vamos até lá.

Quando decidimos ir à cova, o sol já dominava o céu e castigava impiedosamente qualquer ser. Rastejante, voador ou ruminante, não importava, todos se curvavam aos seus raios.

Florida e mais alta, a árvore se destacava na vegetação baixa. Enquanto todas as outras estavam ressecadas, o juazeiro era a única verde. Seus galhos retorcidos e os espinhos em movimento tornavam-na quase uma pessoa. Naquele caso, pessoa em sofrido sofrimento. Sob a sombra, um urubu-rei meditava na cruz improvisada do jazigo.

Maria Januária Malachias Lisboa, 1881-1901, 1º de novembro

Lia-se na placa a identificação em letras tremidas. E, justo naquela manhã, cinquenta anos se completavam desde sua morte.

— Umbelina, a senhora acredita que tudo é pura coincidência? Ou devemos crer que cada acontecimento já está previsto no livro do futuro e que somos eternos prisioneiros de histórias marcadas para o nosso destino?

— Raimundo, talvez as histórias já tenham acontecido em outro tempo e espaço, e estejam somente esperando por serem reveladas e vividas em nosso sertão... Quem sabe... Deus é maior, homem!

Permanecemos ambos em silêncio, refletindo sobre tais questões... Pelo jeito, a única saída seria me embrenhar na caatinga à procura do dito vaqueiro e buscar mais respostas.

Umbelina conseguiu montaria para minha viagem: Enoque, único cavalo que restava na fazenda. Magro, tinha as costelas aparentes, assim como as escápulas e os olhos, que saltavam das concavidades cranianas.

Manchas brancas no meio de um marrom avermelhado davam a sensação de que as nuvens haviam fugido do céu e se condensado na sua pele. Gentil, o bicho me recebeu com um sorriso imenso e só faltou falar. Faminto, engoliu seco o capim que lhe entreguei. Mal sabia ele no que ia se meter...

— Parta com o nascer do sol, pois o caminho é longo. Sinto algo bom no sinhô e espero que Deus lhe ajude nessa investigação! As reses continuam sumidas pelas mais distantes veredas e grotas. Muitos tentaram, mas nenhum teve sucesso... Agora, bora deixar dessas histórias. — Decidida, Umbelina pôs fim na conversação e saiu para seus afazeres domésticos. Senti que algo também a incomodava.

Restavam algumas horas de claridade. Decidi então navegar pelo centro e aproveitar para almoçar enquanto o sono não me pegava.

Cidade incrustada no coração da Paraíba, de ruas de terra, casas simples e temperaturas infernais, Patos era movida pelo algodão. A criação de gado já fora importante, mas naquele tempo andava quase em parança por conta do misterioso problema. Nas ruas, bodes, calangos e cachorros disputavam as poucas sombras — únicos refúgios do calor.

Termômetro marcando 41 °C, garganta seca e buraco no estômago, me dirigi para a rua principal, que ao final dava na praça da igreja. À medida que avançava, mulheres e crianças entravam correndo nas casas e fechavam as janelas dos sobrados, como se eu fosse uma espécie de praga ou assombração.

De cada morador, enxergava somente os olhos esbugalhados nas frestas da alvenaria, seguindo os meus passos. Em um estalar de dedos, a cidade parecia abandonada.

Sem opções, o único lugar que restava de portas abertas era o boteco do Edmé. Amarrei Enoque sob a sombra escassa de uma árvore e me sentei na mesa do canto.

Paredes desgastadas caiadas de amarelo, chão de cimento queimado vermelhão, prateleiras com as mais variadas cachaças — desde as mais simples até as com rabo de cascavel — e crânios pendurados de cobras e calangos tornavam o ambiente rústico e amedrontador.

Com o rosto grudado no balcão, um homem bêbado, meio em pé e meio deitado, dormia sono profundo. O vapor das panelas no fogo impregnava o ambiente e, no rádio, o noticiário do *Repórter Esso* relembrava a morte de Corisco, o Diabo Loiro, último cangaceiro que resistira no sertão depois do assassinato de Lampião e seu bando.

— Por favor! — Ergui a mão e chamei o senhor de cabelos brancos encaracolados para me servir.

— Pois não, o que deseja? — Entre caixas e engradados, surgiu uma menina magra de cabelo ruivo e pele morena.

— O que tem para comer?

— Temos buchada, baião de dois, carne de sol e mingau.

— Quero um...

— Orelha-de-macaco. Num tá vendo, não? Orelha-de--macaco! Tira ele de lá! — Antes que eu pudesse completar, seu Edmé, assim chamado o próprio dono, gritava loucamente por detrás do balcão.

Como assim? Não entendia nada, macaco nenhum aparecia por lá. A menina correu para fora, desfez o laço do cavalo, amarrou-o em outro lugar e voltou para me atender.

— Liga pra painho, não, seu moço. Ele está surdo, grita com todo mundo e já perdeu a razão.

— Mas o que é orelha-de-macaco, menina?

— Orelha-de-macaco num é do bicho, não. É timbaúva, planta em que o sinhô laçou sua montaria.

— Mas e qual o problema com ela?

— Pelo visto, o sinhô não é daqui. Olhe, seu moço, o problema é seu fruto venenoso que pode matar em horas. Tristeza vem primeiro; na sequência, uma diarreia amarelada e fedida e, por último, o encontro derradeiro com a dona de mãos frias.

Vasculhando minhas recordações, seu nome não lembro... Valindina, talvez. A memória me falha. Mas o que ainda recordo até hoje é o delicioso baião de dois que comi e a Oração da Pedra Cristalina que escutei pela primeira vez — e que passou a me acompanhar por toda a vida.

— Amanhã é noite de Finados, Dia dos Mortos. Seu moço precisa de corpo-fechado, leve a oração consigo no peito — aconselhou a filha do louco Edmé. E, antes que partisse, me deu a reza em um escapulário tendo, de um lado, o desenho de Padim Ciço e, do outro, a própria santa Maria. Parti de volta para casa bêbado, não de aguardente como o homem jogado no balcão, mas de sono.

Obstinado, na Ilhas ainda encontrei forças para vasculhar todos os cantos, gavetas e esconderijos possíveis do casarão. Tentava encontrar qualquer vestígio que apontasse uma alternativa diferente da obscura que se apresentava. Imaginava que talvez ainda pudesse achar um percurso mais coerente e racional e que não desafiasse tanto as minhas crenças. Tudo em vão, não encontrei nada. Pelo visto, naquela tabuada sertaneja, sete vezes cinco não dava 35, tampouco 38.

Partiria em busca do vaqueiro na manhã do dia seguinte, mas antes precisava descansar para a jornada e, mais uma vez, afundei nos lençóis. Só que, desta vez, a estranheza é que acabei por dormir acordado. O sono veio e junto dele um verdadeiro suplício. Tentava me levantar, mas, com exceção dos olhos, nenhuma parte do corpo respondia aos meus comandos.

Tinha consciência plena de tudo o que acontecia ao redor, enxergava mesmo no escuro e, ainda assim, algo me acorrentava na cama. Os ponteiros do relógio se moviam lentamente, sentia o ranger dos dentes dos ratos que caminhavam pelo forro e o bater de asas de uma rasga-mortalha ecoava longe em meus pensamentos. Minha alma esvoaçava e parecia se desprender…

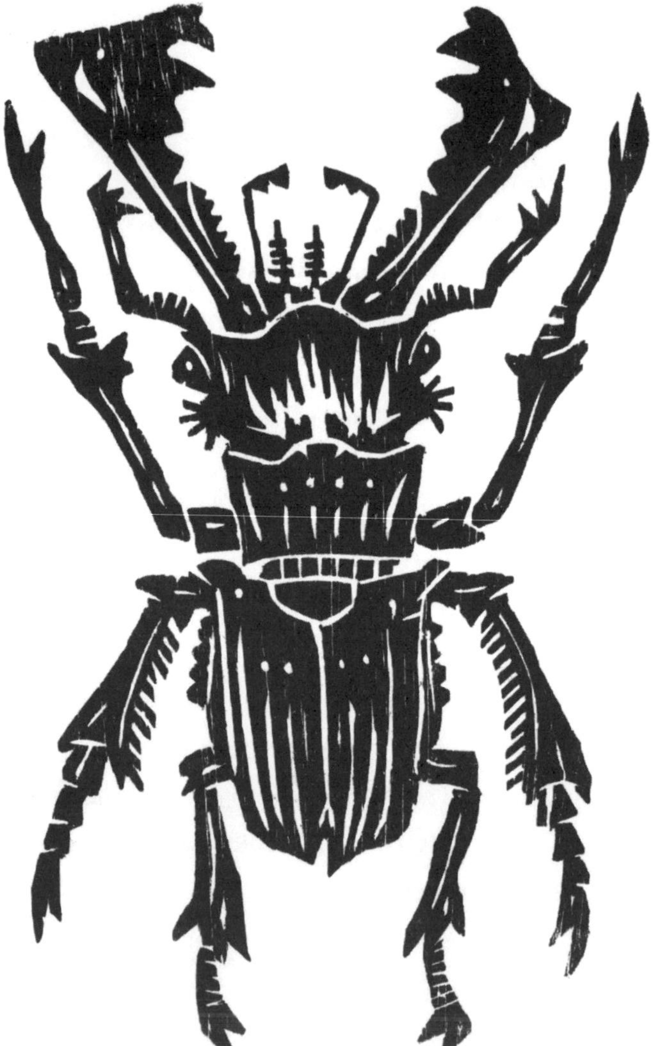

ENTRE BESOUROS E VERMES

Deixara a luz do corredor acesa e, para agravar a minha agonia, a sombra de alguém a cavalo apareceu na soleira da porta. No desenrolar da madrugada, o pesar de eternidades recaía sobre mim. Vermes, besouros, lacraias e baratas brotavam pelas frestas do chão e caminhavam sobre a minha pele. Gritava por ajuda, mas a voz não saía!

Como de tocaia, o sujeito, ou seja lá o que fosse, tinha uma energia negativa e fazia eu me sentir mal. Febre terrível, intercalada com calafrios. Uma ânsia de vômito contraía meu diafragma insistentemente. Doía, dor doída, verdadeira facada no bucho.

O maldito só me deixou quando a porteira rangeu ao longe e chamou sua atenção. Eu escutava seus passos sobre a madeira velha da sala e, depois, ao descer a escadaria de pedra.

Logo que partiu em seu cavalo, o tremor da noite anterior voltou, só que mais intenso. Além dos mugidos e sinos que o acompanhavam, um canto com voz sofrida também enchia o ar:

Êêê ôôôi gado boi
Êêêia ôôô gado ôôô boi
Êêê saudade...

Só devia de ser o dito que roubara as boiadas. O ladrão estava debaixo do meu nariz! Precisava me libertar. Com grande esforço, tentava me mexer, mas de nada adiantava. Aos poucos, fui me lembrando dos versos da Oração da Pedra Cristalina e passei a repeti-los:

> Minha Pedra Cristalina, que no mar fostes achada, entre o Cálice Bento e a Hóstia Consagrada. Treme a terra, mas não treme Nosso Senhor Jesus Cristo no altar sagrado. Tremem, porém, os corações dos meus inimigos e dos que me desejam o mal.

A cada verso entoado, conseguia mexer as pontas dos dedos. Surpreso com seu poder, continuei:

> Eu te benzo em cruz e não tu a mim, entre o Sol, a Lua, as estrelas e as três pessoas distintas da Santíssima Trindade. Meu Deus! Na travessia avistei meus inimigos. Meu Deus! Eles não me farão mal, pois com o manto da Virgem sou coberto e com o sangue de meu Senhor Jesus Cristo sou protegido. Eles tentarão me atingir, mas não atingirão. Suas setas de maldade se desfarão como o sal na água. Se tentarem me cortar, não conseguirão. Suas lâminas se dissolverão aos raios do Sol. Se tentarem me amarrar, os nós se desatarão por si. Se me acorrentarem, os elos se quebrarão pelo poder de Deus. Se me trancarem, as portas da prisão ruirão para me dar passagem. Sem ser visto, passarei por entre meus inimigos, como passou, no dia da ressurreição, Nosso Senhor Jesus Cristo por entre os guardas do sepulcro. Salvo fui, salvo sou, salvo sempre serei. Contra mim nada valerá. Contra os meus ninguém se

levantará. E para proteger meu lar, com a chave do sacrário eu o fecharei.

A oração realmente era poderosa e, como por encanto, ao pronunciar a última palavra, meus movimentos retornaram. Retirei os bichos repugnantes de cima de mim e saltei do colchão! Finalmente estava livre daquele esconjuro.

Corri para a varanda, selei o cavalo e parti em disparada! A cada galopada, o canto se distanciava e, também, o som das reses. Ziguezagueando mais e mais pela caatinga alta, as plantas retorcidas e espinhosas maltratavam meu rosto, pernas e antebraços. Não avistava nada, mas, com persistência, ainda seguia um resquício de ondas sonoras. Havia de pegar o cabra safado!

Saquei minha pistola e disparei duas vezes para o alto, mas sem sucesso. Depois de cavalgar por quase três horas no encalço daquele murmúrio hipnotizador, qualquer sinal do fugitivo desaparecera.

A vegetação mudava, arbustos baixos tomavam o lugar das árvores e, dos cortes abertos na testa, o sangue escorria em meus olhos. Com o vermelho nos lábios, o gosto de ferro trazia lembranças de tormentas antigas.

O dia nascia nas encostas, misturando tons de vermelho nos azuis do firmamento, e Enoque arfava de cansaço. Até que por fim, na alvorada, desisti. Tinha percorrido no mínimo vinte quilômetros e, na pressa que partira, vestia somente uma calça. Desmontei e fui caminhando. Precisava encontrar a direção da volta.

Ao leste: tapetes de macambiras impediam; para oeste: palmatórias fechavam qualquer saída; e rumo norte: imensidão deserta de terra rachada, esqueletos bovinos e, quem sabe até, de seres humanos... Só nos restava o sul. Ali, a flora acinzentada ganhava tamanho e se assemelhava ao trajeto de vinda. Fui.

MIL MUGIDOS

Vaguei por horas naquele labirinto de cactáceas, árvores tortas e arbustos hostis, todos esturricados pelo calor. Devia ser pra mais de dia e meio, e o sol, senhor impiedoso, sugava para si o mínimo resquício de umidade. Não havia uma mísera gota d'água na cabaça pendurada na sela. Sede. Sedentos estávamos.

Conforme o dia passava, a falta de água ia cobrando seu preço: a língua engrossava e grudava no céu da boca, a saliva se tornava espessa e a garganta parecia se fechar. Os cortes ardiam, o pescoço tinha dificuldade de se manter e, com o peso, a cabeça pendia para a frente. Minha pele queimava e bolhas se formavam nos ombros. Meu cavalo arrastava as patas e seus lábios beijavam o chão à procura de qualquer coisa para beber.

Vendo nosso destino iminente, urubus sobrevoavam na espera do primeiro sinal de exaustão. Coveiros alados. O pior era que, se não encontrássemos alguma forma de superar a situação, nossos destinos acabariam no apetite voraz deles.

A tarde chegava e as sombras agora se multiplicavam. Sem possibilidades de prosseguir, decidi parar. Daria busca mais tarde para economizar energia. Ao lado de um mandacaru, me sentei em uma pedra. De tempos em tempos, um latido rompia o silêncio. Tinha a impressão de que nos seguia pela seca.

Queria perseguir, mas faltavam forças. Enquanto isso, a lista de "os" progredia: sedent*os*, exaust*os* e perdid*os*. Temia que os próximos poderiam ser louc*os* — se é que já não estávamos — e, por último, mort*os*.

Sabia que, em uma situação dessas, as chances de sobrevivência eram mínimas. A comida não preocupava tanto, mas sem água talvez nos restassem somente 72 horas, isso se a urina se tornasse parte da estratégia de hidratação.

Ajuntei galhos, montei uma fogueira e aguardamos a noite chegar, como condenados esperam o carrasco de machado em punho.

No crepúsculo, nuvens carregadas preencheram o céu. Em vez de um anoitecer tranquilo, uma tremenda mas breve tempestade. Coisa rara no sertão. A água foi uma bênção para as nossas aflições.

Bebíamos como duas crianças cheias de felicidade. Porém, com o dilúvio, a fogueira armada para afastar bichos perigosos se tornara inútil. Ao menos sabia que a pistola ainda podia cuspir fogo.

A chuva esgotou do alto e logo a estrela-d'alva alumiava. Pés e patas no chão e disposição na andada. As formações de nuvens se dissiparam e, com a força do luar, formas surgiam e davam vida a recordações que permaneciam na minha mente perturbada: três soldados alemães em chamas; Aurora, minha cachorrinha que morreu de tristeza por não ter filhos; tia Carmelita padecendo com a escarlatina; e o Guina, meu irmão caçula que nunca mais voltou...

Perdidos, vagueamos. E então a mesma cantoria misteriosa reapareceu. Desta vez, diferente:

Êêê ôôôi gado boi
Êêêia ôôô gado ôôô boiada
Êêê saudade
Êêê saudade que mata

A tristeza da voz ainda arrepiava qualquer um coração. Distante, também escutava a sinfonia dos sinos e mugidos já conhecidos. Alerta, segui no rastro. Devia estar por trás de um morro adiante.

Questão de honra, havia de pegar o cabra!

A cada metro perto do dito morro, sentia a terra tremular e um forte odor de carne em putrefação. Dos galhos, gotas escorriam estranhamente para cima e um ar gelado transformava a expiração em fumaça.

No pé da gameleira amarrei Enoque. O pobre coitado tremia de pavor. Lentamente, me esquivava dos obstáculos da vegetação e ultrapassava o relevo irregular.

Trabuco preparado, armava tocaia a poucos metros do despenhadeiro, quando fui denunciado pelo meu próprio cavalo! Enoque relinchava desesperadamente e, de tanto espernear, rompeu o arreio e partiu em disparada mato adentro. Sumiu.

O som dos mil sinos e mugidos se tornou ensurdecedor, e o chão se movia abrindo rachaduras por todos os lados. Desequilibrado, corri até a beira e avistei uma tremenda boiada.

ESPÍRITO VELHO

No meio do rebanho, um vaqueiro solitário permanecia inerte à agitação. Os animais enfurecidos se deslocavam como uma onda contra a muralha. Porém, prestes a se espatifar nas rochas, começaram a correr na vertical e vinham em direção ao topo!

A terra desmoronava à minha volta, e até quando estivera no fogo cruzado entre artilharias de tanques Panzer não encontrara a mesma sensação. Era diferente: desesperava e tinha maior intensidade.

Seria o mundo engolido por suas próprias entranhas?

Entre pedras que rolavam, fendas e espinhos, corri morro abaixo procurando abrigo. Na pressa, tropecei em raízes e caí em uma cacimba d'água! O buraco era fundo e agora jazia preso naquela vala enlameada e com os chifrudos mais próximos.

Violentamente, os cascos golpeavam o solo. Cheiro de morte impregnava.

O descarrego, semelhante ao que tive na cama, tomava conta. Com a água batendo no peito e a lama nos olhos, vi o gado seguindo em carreira.

Lutando contra o mal-estar, saquei a máuser, aguardei os bichos entrarem na mira e... *Pou! Pou! Pou! Pou!* Disparei a fim de pará-los, mas esgotei a munição no simples e puro vazio. Os tiros saíram pela culatra e o estouro crescia.

Quando criança, às vezes eu pensava como poderia morrer: bebida envenenada, facada em briga, na cama do hospital, doença escarlatina ou mordida de tubarão... Embora a imaginação fosse fértil, *pisoteado* nunca fora uma das opções.

Engraçado pensar que, durante as diversas batalhas em que estivera, entocado em trincheiras frias e com soldados apodrecendo ao meu lado, a possibilidade da minha própria morte jamais ocorrera no pensamento.

Ainda que por um instante tivesse passado, creio que não havia sido capaz de refletir. Precisava sobreviver e proteger meu mano daquela loucura. Acreditava que o encontro derradeiro tinha data e horário marcados no dia em que nascíamos e, desta vez, isso parecia tão certo quanto dois e dois são quatro.

Abri os braços, ergui a cabeça para as estrelas e, de peito aberto, esperei com dignidade meu destino final... e... nada!

Por mais estranho que pareça, nada aconteceu. Os bois e vacas passavam sem tocar em mim! Era como se não existissem.

Assim que terminaram de correr, permaneceram ao meu redor, imóveis e quietos. Eu notava, sobre a pele cadavérica de cada um, partes expostas de seus próprios ossos. Expressões sem profundidade me encaravam e o desconforto persistia: dores, lágrimas, calafrios e uma imensa ânsia de vômito. Sofria com a presença das reses amaldiçoadas.

De repente, batidas de ferradura e, sobre a imensidão de chifres, surgiu o misterioso vaqueiro. Cavalgava vagarosamente

e sua presença abalava meu coração. A cada metro alcançado, o bando abria passagem. O sujeito parecia guiado pela minha presença e vinha direto em minha direção.

Montava um alazão negro, imponente e de aparência fantasmagórica. Proteções, laços e belos adornos o recobriam. Os olhos, brasas vermelhas ardendo em fúria.

Sobre uma sela vistosa, com ferrão na mão e a típica armadura do sertão — gibão, chapéu de couro, perneiras, facão na cinta, jabiraca no pescoço e luvas —, o vaqueiro lembrava um cavaleiro medieval. Nenhuma parte do corpo ficava à mostra, até mesmo o rosto era escondido pela aba do chapéu. Assim que parou na minha frente, o espírito velho soltou a voz no mundo:

Êêê ôôôi
Êêê ôôôiaiaiá gado manso
Êêêia ôôô gado ôôô boi
Êêê boiada

Os bois se curvaram e um redemunho se formou sobre nós. Logo, folhas, pedras e arbustos subiam aos céus com a força dos ventos. Por uma brecha do colete, notei as costelas do seu tórax; quando ele levantou a cabeça para cantar, vi os ossos aparentes do pescoço e também os olhos.

Olhar inexistente; buracos negros que afundavam em plena escuridão e que, ao me fitarem, sugavam com energia macabra o sopro de vida que ainda me restava, deixando-me ainda mais fraco.

Minha pele principiou a adquirir um tom amarelo e ocre, as orelhas cresciam e ficavam peludas, o melaço descia do nariz e as mãos pareciam tornar-se cascos. Sentia a língua mais grossa e o nariz dilatado e, assim, ia me transformando em mais um de seus seguidores bovinos.

Encontrara o culpado do caso, porém tarde demais. As trevas cobriam tudo...

Até que não aguentei e perdi a consciência. Hoje, recordo somente um forte clarão e o desenho de uma estrela, nada mais.

Acordei assustado em cama de casa desconhecida. Por frestas da parede de pau a pique e de uma chita improvisada como porta, raios de sol iluminavam o ambiente.

Imagens de santos, cruzes e tiras de couro cobriam os quatro cantos do recinto. Fraco e com a cabeça latejando, jazia eu em um colchão duro rente ao solo. Nos arredores, porcos, galinhas e cães corriam em algazarra e uma enxada fazia sinfonia ao se misturar com o cantar dos pássaros.

Saí cambaleando do quarto que me acolhia, passei por uma cozinha e botei os pés pra fora. Ao caminhar, as juntas estalavam e o calor me ajudava a perceber que permanecia vivo!

Devagar, as pupilas se acostumavam à claridade e pude apreciar uma paisagem magnífica: o horizonte se estendia além de grandes morros, paredões de terra vermelha espalhavam-se e um verde exuberante cobria tudo. Localização alta, o entorno era uma serra de desfiladeiros íngremes.

Enquanto olhava espantado aquela beleza da gota serena, um grupo de cachorros me arrodeou. Cada qual de características bem peculiares, tendo como únicos traços em comum a ausência de raça e os dentes apontados para a minha pessoa. Permaneci imóvel e deixei que me cheirassem à vontade.

— Xexéu! Zabelê! Xaxado! Graúna! Já pra cá! — Chamado macio, porém firme, ordenava.

Caminhando através de um roçado, enxada na mão, peito aberto e boca sorridente, um homem esguio se aproximou e, prontamente, os vira-latas deitaram ao seu redor.

Tinha grande estatura, quase 1,90 metro. No rosto, marcas de uma pele temperada pelo sol; os cabelos brancos indicavam décadas de estiagens naquela terra.

— É de morrer, não é? — falou, enquanto olhava sereno para as colinas.

— O quê? Como assim? — Eu ainda estava confuso demais para entender.

— A beleza da serra da Borracha é formosura pra demais da gota serena, o cabra não acha? Às vezes passo semanas isolado aqui, somente admirando a vista. Penso que, se morrer neste lugar, vou em paz.

Até então, só havia conhecido o lado tormentoso da região e, a princípio, imaginei que não estivesse de frente para ela. Entretanto, ao invés da seca bruta, as chuvas caíam e, assim, plantas dos nomes mais variados floriam a caatinga de cores vibrantes e esperançosas. Curtos tempos de alegria para o homem sertanejo.

— O que aconteceu? Quem é você? Onde estou? Que dia é hoje?

— Calma lá, rapaz. Se apresse, não. Sente-se que vou preparar um chá milagroso que desperta qualquer um. Vosmecê

precisa respirar fundo. Encontro com Capiongo é quase sempre morte.

Sob o olhar atento dos cães, encostei em um banquinho na sombra. No fogo, a panela preta de fuligem aquecia um caldo avermelhado. Os ingredientes: pau-de-angola, abre-caminho, cipó-puncã e vence-tudo.

— Pra mais de duas semanas que vosmecê está deitado. Precisa curar esse corpo judiado.

— Mas e quem é você?

— Eu sou Salustiano Gonguê Silva de Cajazeiras, ou somente Salustiano de Cajazeiras. Mas pode me chamar de Salus.

Muito amistoso, o vaqueiro me cumprimentou e serviu o chá para nós dois. Ao tomar as ervas amargas, meus pensamentos clareavam e a investigação aos poucos voltava à lembrança.

— Agradeço muito sua ajuda, Salustiano. Eu sou...

— Já sei, já sei. Seu nome é Raimundo dos Anjos. Certo?

— Como o sinhô sabia?

— O vento me contou assim que vosmecê pisou na casa do coronel.

Ao erguer a xícara para tomar um gole, vi a conhecida estrela de seis pontas tatuada na sua mão. Já havia visto na Segunda Guerra Mundial, era usada pelos judeus.

— A estrela... eu reconheço ela...

— Esta aqui? — disse, apontando para o dorso da mão direita.

— Sim, essa mesma.

— É o sino-salomão, protetor do sertanejo.

— Mas o que aconteceu exatamente comigo?

— O cabra teve um bocado de sorte. Se não fosse pelo sino-salomão que desenhei na areia, Capiongo reinava.

— Ora, mas afinal de contas quem é Capiongo?

— Suas perguntas e aflições vão além da conta. Tenho visto suas noites de sonos perturbados. A cabeça anda confusa, Raimundo. Muita culpa carrega consigo, precisa largar mão, homem de Deus! Está na hora de vosmecê acreditar no que não é visível nem palpável. O que vou contar agora sucedeu-se tempo demais passado.

JOSÉ CAPIONGO

— Naquela época, por onde eu passava, fazia sucesso com as moças formosas da cidade. As matas cobriam os horizontes, rês só andava na larga e não havia cerca por aí. Vida sem amarras; solto no mundo.

"Trabalho de vaqueiro tinha trégua não. Quando uma moia de gado sumia na caatinga, demorava pra lá de sete dias até dar conta dos fugidos.

"Na fazenda Ilhas, éramos em quatro vaqueiros: Livino, Gentil Augusto, José Capiongo e eu. Partíamos em comitiva daqui para as lonjuras deste sertão e, em todos aqueles anos, nunca perdemos um só boi. Sabe, homem, sinto falta daqueles tempos...

"Tendo nós, coronel Juvêncio não carecia de ter preocupação. Com as minhas rezas e ervas, animal nenhum tinha bicheira ou adoecia por capim venenoso. Gentil, excelente rastreador, podia encontrar até no escuro as pegadas de um pequeno preá. Livino conhecia todos os pastos e veredas entre essas bandas e os distantes tabuleiros velhos do riachão da Cantinonha. E claro, Capiongo, que partia na refrega com qualquer boi de opinião.

"Para ele, coragem falava acima de tudo. Não rejeitava cabeça de nada: pegava o bicho no laço, no ferrão ou mesmo no braço. Na vaquejada tinha fama e não deixava pra ninguém. Oxe, e no aboio então? O cabra precisava ver! Hipnotizava quem escutasse e até os homens mais desalmados amoleciam em choro com seus versos e toadas. Eram quase orações.

"Gostava mesmo de cantar tangendo boiada, conversar com seu alazão, Meia-noite, e seu fiel cachorro, Nevoeiro. Olhos fundos em zigue-zague, baixinho, pés tortos e costas arqueadas. O povo dizia que bastava a sua aparência para impor respeito na rês. Sua sombra colocava ordem na estrada que seguíamos.

"Família tinha não, veio solitário de um vilarejo chamado São Simão. Chegou de matulão nas costas, oferecendo trabalho com gado. Antes de parar na Ilhas passou por outras fazendas, porém todos recusavam quando viam sua estranheza e seu corpo desajeitado. Não foi diferente ao encontrar o coronel, e confesso também que, a princípio, não botei fé naquele vaqueiro manco e torto.

"Logo me arrependi da desconfiança, recordo bem do episódio: fugiram para os lados da fazenda do Capabode um boi zebu arretado de nome João Preto e Catingueira, uma vaca brava por demais.

"Não havia um caboclo sequer que conseguisse tocar os dois. Ao penetrar o capoeirão que os bichos estavam, qualquer cabra metido a besta era escorraçado de lá sem dó nem piedade. Gentil quebrou a costela, Livino levou uma chifrada no bucho e até mesmo eu arrisquei a sorte, mas os bichos tinham vontade própria.

"Para José Capiongo, bastou uma toada bem levada e um laço certeiro para pôr um ponto-final no problema. Daquele dia em diante, Juvêncio garantiu emprego para o homem.

"Zé tinha sabedoria para lidar com os animais, mas ao lado da gente usava poucas palavras. Realmente, não creio que isso fosse necessário, pois seus aboios encantavam e com o tanto que o Livino abria a boca já era suficiente.

"Vez em quando, mostrava um tímido sorriso ao escutar as histórias dos companheiros. Sua fama crescia no imaginário do povo e, com frequência, outros coronéis o chamavam para colocar respeito em algum chifrudo teimoso.

"Os anos passavam e, enquanto os outros vaqueiros se amarravam com rabo de saia, Capiongo permanecia firme na sua andada solitária. A vida prosseguia em passos tranquilos na fazenda Ilhas até que algo veio a mudar a ordenança das coisas.

"Embora José tivesse jeito de tatu-canastra, às vezes se engraçava com as moças da cidade, mas nada de sério. Para nós, dizia que não queria ninguém mandando no seu rumo e que seu único compromisso era com a liberdade de tanger boiada mundão afora. Tudo engano do cabra! No dia em que seu olhar cruzou com aquela cabrocha, Maria Januária, foi paixão à primeira vista. Nunca vi coisa igual!

"Morena, de pernas grossas e cintura fina, a jovem possuía beleza da gota serena. Veio com sua família lá do Olho d'Água e também encantou-se por Capiongo de forma inesperada.

"Os dois se encontraram no açude do Jatobá: ele deveria resgatar uma vaca perdida, a pedido de um fulano chamado Licuri, e ela, que fora atrás de água, acabou caindo nos encantos do seu lamento sertanejo. Daí em diante foi um amor só! Até casório marcaram para assim que a seca findasse.

"Ora, mas veja que ironia! Nunca tinha visto o vaqueiro com medo, mas na hora que encontrava Januária as suas mãos tremiam. Possuía sangue-frio para enfrentar zebus três vezes maiores do que ele, mas bastava citar o nome dela que só faltava gaguejar!

"Porém, sua alegria durou pouco...

"Velhos pecados do mundo: a inveja e a cobiça correm nas veias dos homens desde a sua criação. Começou com Abel e Caim. Logo, não foi diferente com Juvêncio Malachias. Maldito seja!

"Assim que soube da promessa de Januária casar mais José Capiongo, o coronel ficou enlouquecido. O coisa-ruim só faltou subir pelas paredes e, tão cedo, deu jeito para acabar com aquilo.

"A seca daquele ano veio forte e castigava desde a Bahia até a serra do Gavião, no Piauí. Mesmo oração, promessa e simpatia para santa Luzia não amenizavam a desgraça no sertão.

"Em Patos, todos lutavam mais que o comum para conservar a plantação verde e criar seu gado. Na Ilhas, perdemos poucas cabeças de boi e mantínhamos a maior parte dos roçados em pé e, por milagre, o pequeno fazendeiro Antonio, pai de Januária, ainda possuía suas oito cabeças de boi e alguns míseros fiapos de cana.

"Infelizmente, sua sorte findou em instantes: Malachias contratou dois jagunços, Francisco Quirmino e Agenor Sete Orelhas, que acabaram com o que lhe restava. Depois, assim como quem não quer nada, ofereceu dinheiro para ajudar o pobre coitado.

"A polícia nada podia fazer, pois tinham todos o rabo preso com o coronel. Sem saída, o homem teve que aceitar. Era aí que morava a maldade... Então, para quitar a dívida, o coronel propôs a Antonio que lhe desse sua filha em casamento. Apesar da relutância, o trato foi firmado.

"Maria Januária se tornaria mulher de outro e então seria impossível voltar para os braços de seu verdadeiro amor. Seus destinos estavam condenados pela ganância daquele cabra safado que ainda caminha sobre a Terra. E, como se não bastasse, o coronel fez mais. Certo da ira de Capiongo, armou emboscada. Queria terminar com a história de uma vez por todas.

"Sexta-feira, dois de novembro. Dia dos Mortos. Um homem sombrio veio à fazenda fechar negócio com o coronel. Orelhas peludas, cabeça alongada e mãos avermelhadas. Parecia o dito-cujo... Desde aquele dia, Juvêncio nunca mais teve doença ou envelheceu por fora. Com os anos, somente sua voz mudava.

"Logo que o sujeito saiu com um contrato assinado, Asa Branca morreu ao parir um bezerro estranho, que aparentava ter doença.

"Olhos amarelos, o bicho gemia como gente e tinha cheiro de enxofre. Livino o chamou de Ubezleb. Deveriam levar o animal ao chapadão da Ema e sacrificá-lo por causa da maldição que carregava consigo.

"Em Finados não se deve sair, todos diziam. Os outros companheiros recusaram. O patrão lançou desafio e, como era muito orgulhoso, José Capiongo partiu. Eu mesmo avisei para não botar o pé na estrada, que devia confiar desconfiando, mas não teve jeito. Foi.

"Quirmino e Sete Orelhas esperavam Zé de tocaia...

"Naquela madrugada, uma tempestade despencou dos céus e, passado esse dia, nunca mais vimos nenhum dos três. No mês seguinte, a cabrocha casou-se contra a sua vontade.

"Maria Januária tinha alma boa e coração grande. Qualquer um que passasse por necessidade podia contar com sua ajuda. Mas, pouco tempo depois, partiu também. Partiu foi de banzo. No caixão, nada de corpo: apenas uma flor de mandacaru.

"Quanto ao vaqueiro, permaneceu apenas sua alma. Um espírito não elevado, que não conseguiu transcender. É aquele que caminha no mundo dos vivos. Desde então, Capiongo vive na caatinga buscando sua vingança. Ao som de seus aboios, toca sua boiada-fantasma com seu alazão, Meia-noite, e seu cachorro, Nevoeiro, atrás de novas almas...

"Deus é quem dá fé nisso."

FÉ

Quando terminou a história, lágrimas escorriam no rosto de Salus. Emocionado, enxugou os olhos e fez o sinal da cruz em um gesto rápido. Permanecemos em silêncio, observando o horizonte no final da tarde.

A partir daquele relato, nunca mais fui o mesmo. A visão mudara. Razão deixara de ser verdade absoluta e única no meu caminhar. Um novo mundo aparecia e eu passava a olhar questões sobre vida, morte e crenças do povo de forma diferente.

O véu da noite cobriu os morros. Uma névoa espalhou-se nas encostas e pouco se enxergava na escuridão. Distante, o lamento de Capiongo ecoava novamente e parecia me chamar. Os cachorros uivavam e latiam de aflição.

— É ele, não é, Salustiano?

— Sim, e está atrás docê. Mas tenha calma, ainda precisamos conversar mais. Antes disso...

Salus acendeu uma vela e pediu que eu me aproximasse. "Hora importante", disse ele. Ajoelhou-se na cozinha, em frente a um altar com diversas imagens de santidades. Santo Antonio, Padim Ciço, santa Luzia, são João, Cosme e Damião e fotografias de pessoas que pareciam de sua família.

Passou a chama no pavio de outras velas, brancas e coloridas — algumas já desfeitas pelo calor —, e começou a Oração dos Sete Ventos:

Estrela da manhã que caiu no mar
nos traga luz sob este luar.
Nos proteja do que é, do que era e do que há de vir.
Flechas, espadas e facas
dos meus inimigos se quebrarão.
Um e um é dois.
Dois e dois é três.
Três e três é quatro.
Quatro e quatro é cinco.
Cinco e cinco é seis.
Seis e seis é sete.
Com o sete me fortaleço.
Sete ventos, sete laços, sete chamas, sete candeeiros,
sete trombetas sete rezas e sete espíritos.
Trago no meu peito o sino-salomão.
Ilumine meu caminho nas trevas aonde for.
Louvado seja Deus Nosso Senhor.
Amém.

Bonita, a prece me trouxe paz e tranquilidade. Repetiu sete vezes e, ao terminar, foi para fora e arrodeou a casa. Murmurava outras palavras, que eu não conseguia entender, e jogava ervas pelo chão. Ao final, desenhou a estrela de seis pontas em quatro cantos. E, logo, os chamados atormentados sumiram.

— Veja, Raimundo, isso não acaba onde parei. Capiongo o procura porque pensa que vosmecê é o coronel. Para ele, desde que vosmecê dormiu na cama de Juvêncio, acabou se tornando o mesmo. Entonce, enquanto não pegar sua alma, não dá sossego, não!

— Pois então vamos, Salus, me conte tudo. Preciso saber mais!

— Por ora é isso, homem. Vamos dormir que amanhã é um novo dia. Porém, antes de resolver o mistério, precisa dar fim nas suas inquietações. Saiba que a morte de seu irmão não foi sua culpa.

— Mas como sabe isso?

— Oxe, não lembra não? Sei por suas próprias palavras, Raimundo. O tempo que ficou deitado, não parou de falar. O erro foi do sargento inglês Florence, que, afoito, mandou o pelotão atacar a linha inimiga antes que o apoio dos tanques chegasse. Você e o Guina somente cumpriram ordenanças.

— Mas eu devia ter segurado meu irmão e ido na frente...

— Não se culpe por isso, Raimundo. O destino é Deus quem manda, não é como a gente quer. Se vosmecê está aqui, é porque há algo de importância maior para a sua pessoa fazer na terra dos vivos. Além do que, também tem algo que não contei: alguém está ao seu lado.

— Alguém? Quem?

— Vejo ele com frequência e imagino que seja seu irmão... Portanto, enquanto não olhar melhor a sua fé, não podemos prosear mais e dar conta do mistério. É hora do cabra ter conversa consigo mesmo e aprumar o mastro da embarcação.

Intrigado e cansado, fui para a cama com as palavras em tormenta na cabeça. De certa forma, havia um sentido na fala: embora sozinho por longos anos, a solidão nunca apertou meu coração. Dormi e, assim como o vaqueiro alertou, minhas

perturbações surgiram na madrugada. Aprisionados aqui embaixo em terra tempestuosa, os mortos que permaneciam na minha mente me chamavam e, dessa vez, conseguia ver nitidamente o rosto de cada um.

Ninguém olhava em minha direção, pareciam esperar por algo e, por entre mulheres, crianças, cavalos, cachorros magricelos e muitos soldados, o Guina apareceu.

Não estava machucado pela explosão e caminhava normalmente. Vestido de farda verde e botas lustradas, me deu um abraço fraterno. Depois, disse ao pé do meu ouvido: "A emboscada não foi sua culpa. Desapegue, meu mano, deixe o rio correr para o mar. Ainda nos veremos, mas não agora. Muito está por vir em sua vida". Não me esqueço disso nunca, senti sua presença de forma inexplicável. Ainda hoje, suas palavras ecoam nos meus sonhos.

Da minha maneira, orei por aqueles em desespero e, sob uma luz intensa, todos finalmente partiram em despedida...

TRISTEZA

Acordei cedo com os cachorros em alerta e os primeiros raios de sol atravessando as frestas e janelas. Já em prontidão, Salustiano fazia a refeição da manhã.

Fui até a porta e perto do roçado de feijão lá estava um bicho grande deitado. Na cerca, um grupo de urubus empoleirados miravam sua sombra.

Ao me aproximar, identifiquei o animal: era Enoque. Uma tristeza profunda cobriu meu coração. Jazia deitado, sem vida e com a barriga inchada. Não havia rastro de sangue, sua língua pendia arroxeada e desenrolada pelo chão, como se alguém a tivesse esticado. Formigas pretas cobriam seu corpo e tornavam escuras as nuvens brancas da sua pelagem. Dezenas de pegadas se espalhavam, mas mantinham distância adequada das estrelas na areia.

— Bom dia, homem. Pelo visto, teve boa noite dormida. — Salustiano se aproximou e me entregou uma cumbuca repleta de feijão-de-corda. — Era o seu cavalo?

— Sim, era sim. Enoque se chamava. E, sim, também estou melhor, obrigado. Mas ainda tenho mais coisas para resolver. — Realmente me sentia aliviado, embora ainda um pouco cansado e inconfortável com todas as ditas "verdades" que antes acreditava e que mudavam em velocidade espantosa. — Mas, então, Salustiano, como faço? Estou desmastreado...

O homem se ajoelhou na frente do meu finado cavalo e fechou seus olhos em um gesto de compaixão.

— Pois é... O cabra deve ser astuto e saber que, enquanto não der fim nessa história, Capiongo vai lhe perseguir e não vai lhe deixar partir do sertão. — Concordei balançando a cabeça, e ele continuou falando enquanto foi para dentro. — O dinheiro trai a razão de qualquer um, Raimundo, e logo também a sua. Pois veja, cabra: para acabar com essa maldição, o caminho segue inverso e, assim sendo, o culpado do crime é aquele que te contratou. Capiongo é alma boa: não sabe o que faz, porque se encontra preso nas trevas e cego pela sede de vingança.

— Mas, então, foi o próprio coronel?

— É claro, homem! Foi ele mesmo quem armou arapuca para ti. Como se sabe, desde o acontecido, sete dias antes e sete dias depois de Finados, Capiongo dá busca daquele que o traiu na fazenda Ilhas e agora, como já lhe falei antes, pensa que o sinhô, Raimundo dos Anjos, é o próprio coronel.

— Mas os dias já se passaram... Não era para a perseguição acabar?

— Capiongo só tem parança quando leva pelo menos uma alma, não importa de quem seja, contanto que esteja na Ilhas. O vaqueiro maldito tem poderes terríveis, mas é cego. Cegueira de vingança.

— E como posso dar um fim nisso tudo? Basta entregar o maldito coronel?

— Basta não, homem. Mesmo que entregue Juvêncio Malachias, infelizmente, sob o olhar obscuro de Capiongo, vosmecê também é culpado! Para dar fim na maldição, deve arrancar o segredo da boca daquele sujeito tinhoso! — Virou as costas e foi para a cozinha.

Salustiano retornou carregando um frasco de querosene e uma caixa de fósforos na mão.

— Agora basta de assombrações rondando no meu quintal! Precisamos queimá-lo ou se tornará livusia!

Arrastamos meu finado companheiro de cavalgada para longe e ateamos fogo em seu corpo. Uma bola de fumaça negra subiu afastando os urubus e, no azul do céu, uma estrela solitária brilhou ao receber sua presença.

Fizemos o sinal da cruz e, logo que terminamos, o vaqueiro me deu roupas de couro adequadas para enfrentar a caatinga e ajuntou coisas de valia: rapadura, água, carne-seca, alho, velas, um par de alpercatas estranhas e uma espingarda cano duplo, calibre 12. Pôs tudo em um matulão e passou a tarde me ensinando sobre as veredas, grotas, ervas e plantas que podiam me ajudar na viagem.

Na manhã seguinte, partimos.

— Raimundo, obedeça as pedras brancas; cipó da mucunã enche dois, três canecos de água e em orelha aberta entra besouro. E lembre bem: o silêncio é seu maior aliado, o amor é maior que tudo, e não deixe, em hipótese alguma, de orar pela luz — Foram as últimas palavras de Salus antes de nos separarmos.

Me despedi dele como de um próprio irmão e, conforme suas orientações, fui rumo a Patos. O caminho tinha história: tempos atrás, cangaceiros usavam-no como rota de fuga dos macacos, as volantes da polícia que os perseguiam pelas veredas do sertão.

Para desviar a atenção de Capiongo, Salustiano foi com seus cachorros para o lado oposto e, conforme me distanciava, vez por outra escutava seu berrante e uma agitação na caatinga indo em sua direção.

O trajeto pelas veredas encurtava a longa distância que deveria percorrer e me escondia de forma estratégica. Durante o dia, andava por cima das pedras brancas sem deixar pegadas e, quando os rastros eram inevitáveis, usava uma alpercata com a sola ao contrário. Assim, mascarava sabiamente o sentido para o qual eu realmente ia.

À noite, comia pequenos pedaços da rapadura que recebera, deitava no meio de um sino-salomão que desenhava no solo e entoava sistematicamente as orações para minha proteção.

Além disso, também cobria os ouvidos com paina de algodão, pois não queria besouro nenhum dentro de minha cabeça. Ao redor, jogava dentes de alho para afastar cobras e sempre empunhava a espingarda. Velha e enferrujada, era a minha única arma no caso de alguma refrega.

Estava mais preparado para sobreviver naquele ambiente hostil, embora não pudesse acender nenhuma fogueira. Ainda assim, dormia com um olho aberto e o outro fechado.

Meus sonhos não eram nada tranquilos e, por inúmeras vezes, acordava assustado na madrugada. Passava horas a fio escutando os diversos barulhos que surgiam no escuro e que atiçavam minha imaginação.

Caminhava quase 12 horas por dia, descansava pouco e comia mal, mas não tinha sinais de fraqueza. Qualquer sintoma de exaustão era banido do meu corpo por toda a fúria que carregava. Ao completar uma semana de jornada, até que enfim, cheguei bem próximo de Patos.

A trilha acabava no alto do Cruzeirão e, por lá mesmo, aguardei a escuridão chegar.

Com exceção da serra da Borracha, o símbolo cristão estava localizado no ponto de maior altitude dos arredores, que no passado servia como mirante para combater invasores.

Lá de cima, as luzes dos candeeiros e postes destacavam as principais construções e ruas do lugar. A vista acalmava, mas um silêncio inquietante precedia o que seria uma tempestade...

Enquanto esperava, imaginava o que faria com o coronel, aquele sujeito tinhoso, senhor das palavras falsas e cheias de veneno. Provavelmente, seus jagunços estariam armados e fazendo sua guarda. Teria que pegá-los de surpresa!

E mais: para resolver o caso, não bastava entregar Juvêncio nas mãos de Capiongo. Agora eu havia de ajudar o vaqueiro amaldiçoado! Era preciso espremer o coronel para descobrir o mistério.

A cada hora o movimento tornava-se mais escasso; somente algumas pessoas e poucos carros de boi circulavam e, assim que o sino da igreja anunciou meia-noite, tudo estava completamente deserto.

Com ajuda da claridade que vinha da cruz, desci o morro e parei na beira da estrada, em frente ao arco de entrada. A luz trêmula de um poste iluminava três curiangos pousados na placa de boas-vindas — e seus olhos curiosos seguiam meus passos.

Inspirei fundo, dei fé no futuro e adentrei a cidade.

TIROS NA ESCURIDÃO

Junto às sombras, prossegui por vielas e becos até a fazenda Ilhas. Ao chegar na porteira principal, milhares de vaga-lumes cobriam a vegetação, mostrando o relevo no entorno da casa, e as luzes acesas revelavam que o coronel já estava de volta. Mal sabia ele que eu vivia e que José Capiongo ainda o procurava.

Na varanda, três jagunços puxavam um cigarro de palha:

— Agora diga, Sobrancelha, que história é aquela que a nega Olindina falou a seu respeito? Pelo visto, o marido dela vem atrás d'ocê!

— Ora, Saturnino, aquilo lá é cabra frouxo! Saiba que tenho medo de ameaça não.

— Olhe bem, Sobrancelha, Saturnino tem razão nas palavras. O cabra deve tomar conhecimento de que o marido veio de longe, lá dos tabuleiros da serra Talhada. Lá é terra de ninguém, desavença acaba na ponta da faca.

— Ora, mas e aqui, Vesgo? Esqueceu, foi?! Desavença é resolvida com a faca toda e mais um ferro quente!

Enquanto os homens desatentos de Juvêncio Malachias jogavam conversa fora, arrodeei o terreno e fui até os fundos.

Lá, uma moia de quase vinte cabeças de gado dormia tranquilamente em um pequeno cercado. Era a isca perfeita.

Possuía apenas dois cartuchos para a arapuca que armava, sendo que um deles já mostrava sinais de ferrugem e desgaste. A munição estava capenga, mas a coragem não faltava. Carreguei a arma, abri a porteira em silêncio e, lentamente, me dirigi para a lateral da casa.

Por entre xiquexiques e coroas-de-frade, tomei posição, apoiei os cotovelos sobre uma pedra e mirei o lustre que clareava a varanda. Esperava o momento certo para o tiro quando, de repente...

Um tatu irrompeu do solo a uns sete metros de distância e me encarou por um breve instante. Me lembrei dele. Era o mesmo peba que havia encontrado quando chegara em Patos: peludo e estranho. O roncar do papa-defunto atraiu a atenção dos três.

Todos sacaram as suas pistolas e começaram a atirar em nossa direção! Rapidamente, o bicho cavucou a terra e voltou para o buraco, e eu tive que permanecer imóvel, tentando me camuflar. Os disparos passaram bem perto e quase me acertaram. O coração disparava, mas minha mão seguia sem qualquer trepidar.

Os tiros cessaram, a porta se abriu e de longe avistei o coronel. Só podia ser ele: a silhueta e a voz trêmula e pigarreada eram inconfundíveis. O homem chamou a atenção dos empregados e não demorou a voltar para dentro.

A prosa dos sujeitos continuou e, assim que as coisas acalmaram, *clic* — engatilhei o cano e mantive firme o olhar na alça da mira. Quando um dos vigias abriu a gargalhada, chegou a minha vez: *pou*!!!

O pipoco foi certeiro! As 12 esferas de chumbo explodiram o lustre, e os estilhaços de vidro e pedaços do teto nocautearam

Sobrancelha, que estava logo embaixo. O gado acordou assustado e disparou em grande velocidade, derrubando o que encontrava pela frente. Os dois que restavam, Saturnino e Vesgo, saíram desesperados em perseguição aos bois. De dentro, as luzes se acenderam.

Com o caminho livre, fui até a porta na ponta dos pés e me protegi contra a parede. Estirado no chão, jazia o jagunço que conhecera em João Pessoa. O cabra safado vestia minhas próprias roupas, seu peito mostrava respiração e o rosto sangrava. Cutuquei Sobrancelha com o cano para ver se acordava, mas não obtive resposta.

— Que bagunça é essa em minha propriedade! — berrava Juvêncio Malachias do seu quarto.

Seus passos estalavam a madeira do piso. Aguardei em tocaia. Tinha somente mais um tiro.

A porta se abriu e ele gritou:

— Sobrancelha! Cadê você? Vou pegar o cabra que...

Assim que apontou o nariz para fora, encostei o ferro quente em sua têmpora.

— Mais um movimento e o coronel vai comer capim pela raiz. Solte a peça, mãos na cabeça e vamos para dentro — ordenei calmamente.

— Ora, mas veja só... Capitão Raimundo dos Anjos, que surpresa boa encontrá-lo por aqui! Não há necessidade dessa hostilidade comigo. Fique tranquilo.

— Suas palavras têm veneno de cobra criada, coronel. Não caio mais em quaisquer de suas artimanhas. Faça o que eu mandei agora, que o meu dedo está coçando no gatilho!

Juvêncio engoliu seco minhas ordens, baixou as orelhas e, como um boi manso, obedeceu tudo na chincha.

Na sala, amarrei seus pés e mãos a uma poltrona e cobri seus olhos com um pedaço de pano que havia pegado na cozinha. Novamente, os retratos pendurados nas paredes me encaravam, porém dessa vez pareciam aflitos com a situação.

Me sentei atrás do maldito e sussurrei em sua orelha:

— Pois é, seu coronel, agora chegou a hora da verdade. Momento de pagar suas dívidas com os tantos que o senhor enganou e iludiu. Já sei de todas as maldades que cometeu.

— Deixe disso, seu capitão, me solte e vamos resolver essa questão de uma forma que eu possa lhe ajudar. Saiba você que dinheiro não é problema.

— Seu dinheiro não tem valia comigo, coronel.

— Vamos lá, rapaz, eu ajudo você e você me ajuda. Saiba que eu posso lhe fazer o homem mais rico do sertão!

— Hoje é dia de justiça! — pressionando o cano da espingarda na sua nuca, exclamei. — E chegou a sua vez!!! — A raiva transbordava por todos os meus poros e era quase incontrolável.

No entanto, não tive coragem de agir com tanto sangue-frio a ponto de terminar aquela história.

— Não tenho medo, não, Raimundo. Nós dois sabemos que o capitão não é capaz de puxar o gatilho.

Mesmo com a corda no pescoço, ele não se importava. O pior era que tinha razão: eu nunca seria capaz. A tranquilidade daquele canalha me irritava, não era possível!

— Quanto você quer para fazer vista grossa? — E falou com um sorriso malicioso no canto da boca.

Foi então que me alembrei da minha carta na manga:

— Sabe, o sinhô tem razão. Tem razão mesmo.

— Que bom! Agora o cabra está começando a usar esperteza! Sabia que chegaríamos a um acordo de cavalheiros. E então, vamos acertar negócio? Posso pegar o dinheiro amanhã mesmo, garanto a minha palavra. Agora me fale: qual a cifra? Quanto vale o seu silêncio?

— Olhe, seu Malachias, se eu não consigo dar cabo do sinhô, tem outro que pode. É alguém que o coronel conhece há muito tempo... — Naquele momento, senti sua respiração mudar e um arrepio passando por suas costas.

— Pode chamar quem quiser. Ninguém vai fazer nada comigo, pois quem manda nesta cidade sou eu! E, além do mais, sou inocente de qualquer acusação.

— Pois bem, coronel. Então vou trazer o Zé.

— Mas que Zé? Tenho medo de nenhum zé-ninguém.

Me aproximei e falei bem baixinho ao pé do seu ouvido:

— É o José Capiongo...

Desesperado ao escutar aquele nome, Juvêncio se debatia na poltrona e gritava:

— Não!!! Eu conto tudo! Faço qualquer coisa, mas não traga ele aqui! Piedade, capitão, não faça isso comigo!

A calma irritante que ele mantinha fora embora em um estalar de dedos, e o medo finalmente tomava conta dos seus sentidos. Pálido, o maldito desabava em choro na minha frente. Lágrimas de crocodilo.

Retirei a venda do seu rosto e continuei:

— Preciso saber como acabar com essa maldição.

Juvêncio me encarou com olhos vermelhos, mistura de raiva e desespero, e então me disse o que eu queria saber:

— Para acabar com isso, o capitão precisa ir até o túmulo de minha falecida esposa e entregá-la para aquele fulaninho, o tal de Capiongo.

— O túmulo fica no juazeiro, não é?

— Hahaha! Fica não, capitão. Está escondido em outro lugar.

— Pois então desembucha, seu cabra safado! Onde fica?

Prestes a descobrir, avistei uma sombra sobre os meus ombros...

REFREGA

Ao me virar, Sobrancelha corria na minha direção pronto para arrancar minha cabeça com uma peixeira de 18 polegadas! Tive tempo apenas de colocar a espingarda na frente e defender o golpe.

A violência da investida cravou o facão na madeira da coronha e, com o rosto encoberto por seu próprio sangue, o jagunço largou o ferro frio. Agarrou a minha espingarda com as duas mãos e passou a gritar enfurecido:

— Vou lhe torar, cabra!!! Vou lhe torar!!!

Sua força era descomunal e, se eu continuasse naquela disputa, provavelmente ia perder. Então, larguei a arma e desferi um murro direto contra sua face. Porém havia me precipitado: o sujeito era bom de briga.

Em um movimento rápido, ele abaixou a cabeça e se protegeu do soco com a parte mais rígida da testa. Minha investida foi em vão e, ao se chocar com aquela jaca dura, os ossos da minha mão se quebraram. Na sequência, recebi um pisão no peito que me arremessou para longe.

Me choquei contra a parede, alguns quadros despencaram sobre mim e, antes que me levantasse, já estava sob o seu jugo. Do lado de fora, escutei um latido conhecido... Seria Nevoeiro?

Impiedoso, Sobrancelha não perdeu tempo: meteu a botina na minha barriga, engatilhou e mirou diretamente no meu rosto. *Clac!* Por milagre, aquele era o cartucho que eu já havia usado!

— Cabra sortudo! Mas saiba que um raio não cai no mesmo lugar duas vezes! Hahaha! — exclamou o jagunço.

Prestes a apertar o segundo gatilho, mugidos e sinos ecoaram e um grito sobressaiu na madrugada:

— Êêêôôô gado oiii!!!

Era Capiongo que se aproximava! No mesmo instante, um tremor de terra sacudiu tudo ao redor.

Aproveitando o momento de distração, puxei a perna de apoio do cabra e o derrubei no chão. Com a queda, a arma disparou, mas o cartucho estava estragado e o tiro saiu pela culatra. O cano estourou e a explosão acertou os olhos de Sobrancelha.

Meu peito doía e a mão direita não respondia. Sem condições de me levantar, comecei a me arrastar para fora. Cacos de vidro feriam meus braços, mas naquela conjuntura já não me importava mais.

Amarrado à poltrona, Juvêncio Malachias gritava em aflição por ajuda, enquanto o jagunço desnorteado batia a cabeça pelas paredes e tentava soltar seu patrão.

Restava pouco tempo para reagir. Caso ficasse parado, Capiongo me pegava...

MAIS UMA ALMA...

O solo chacoalhava com maior intensidade e a boiada-fantasma se aproximava. Lâmpadas explodiam e lustres despencavam; pratos e panelas caíam dos móveis e prateleiras da casa.

Um vendaval balançava os arbustos e arrancava as plantas de raízes mais fracas. O barulho ia se tornando insuportável. Novamente, aquele característico odor de morte espalhava-se pelos ares e embrulhava meu estômago. A escuridão da noite era quebrada por raios que iluminavam os céus.

Pela sala, me arrastei até a varanda e, por fim, consegui chegar na terra seca de que precisava. Ao longe, ainda escutava o coronel soltando seus esconjuros e lamentações.

Ajoelhei e à minha volta tracei o sino-salomão, minha estrela protetora. Bem próximas, as vibrações dos cascos batendo contra o chão abalavam meu coração. Em poucos segundos, a boiada amaldiçoada cercava toda a casa.

Assim que chegaram, pararam ao meu redor e se mantiveram em silêncio. Sentia o bafo quente dos animais na minha nuca, porém nenhum deles encostava no desenho que havia feito. Salus estava certo.

Meio vivos e meio mortos, os bois me davam arrepios! Prestando maior atenção no corpo dos bichos, notei algo que não tinha visto antes: vermes circulavam freneticamente por buracos e lacerações de peles cadavéricas em putrefação!

De repente, a boiada abriu passagem e, por entre eles, lá estava José Capiongo. Cavalgava em seu imponente alazão negro e, logo atrás, seu fiel cachorro o seguia.

Em galope acelerado, subiram a escadaria de pedras e chegaram à entrada principal. O vaqueiro nem sequer deu atenção para mim e já saltou da sela. Largou o cavalo ao meu lado e foi para dentro.

Pupilas vermelhas, como brasas em chamas, Meia-noite e Nevoeiro me encaravam de maneira ameaçadora. Meu corpo inteiro tremia de forma incontrolável e aquela sensação de mal-estar invadia meu organismo.

Havia de manter a fé!

Então, fechei os olhos e comecei a entoar as orações que aprendera durante a minha estada na caatinga: a dos Sete Ventos e a da Pedra Cristalina.

As palavras me acalmavam e, aos poucos, minha condição melhorava, embora o pesar daquela energia carregada ainda recaísse sobre mim.

Subitamente, minha reza foi interrompida por estrondos e um chamado em agonia:

— Socorro!!! Socorro!!!

Correndo em desespero, Sobrancelha surgiu. Cruzou a porta e despencou no chão, a alguns metros de distância de onde eu estava. Vi o seu rosto deformado, as pernas curvas e os pés em formato estranho.

— Ahhh!!! Ahhh!!! Auuuahhhh!!! Muuu!!!

Os gritos, antes humanos, viravam mugidos. Chifres, cascos, patas e rabo: em questão de segundos, o jagunço foi transformado em mais um boi amaldiçoado! Usando os quatro novos apoios, levantou-se de forma desajeitada e seguiu para junto do rebanho.

Ao receber mais uma alma, a boiada ferveu de agitação e passou a mugir em coro e pisotear o chão com força. Em consequência, imensas rachaduras se formavam nos pilares de sustentação e nas paredes da casa. Enquanto isso, os xingamentos e berros do coronel não paravam.

Queria prosseguir as orações, mas minha disposição tinha se esgotado. Depois de tantos dias de batalha, o cansaço me alcançara. Prestes a desistir e me deitar, outro grito assustador irrompeu na madrugada:

— Êêêia ôôô!!! Aêia ôôô!!!

Potentes, as ondas sonoras da voz quebraram as vidraças e entraram na minha cabeça como um punhal agudo. Depois, o silêncio reinou.

Um relâmpago riscou o céu e, com o clarão, avistei Capiongo saindo. Apesar de caminhar tranquilamente, não pude ver seu rosto, pois seu chapéu o cobria. Notei apenas que carregava algo pesado em uma das mãos.

À medida que se aproximava, os contornos se tornavam mais evidentes e, assim que parou ao lado de sua montaria, pegou uma corda e amarrou aquilo. Por causa do escuro, eu não conseguia identificar com precisão o que realmente era.

Assemelhava-se a uma pessoa, mas tinha traços diferentes, que pareciam os de um bode ou de uma cabra. Seria o coronel?

Por entre nuvens, a Lua despontou e alumiou as redondezas.

Agora era possível observar que o corpo estirado no chão possuía uma coloração vermelha, mas com uma tonalidade bem escura beirando o preto, a barriga inchada, braços e pernas alongados e cascos bifurcados nas extremidades. Do ângulo que estava, arbustos escondiam a região do pescoço para cima.

Quando terminou o laço, Capiongo se aprumou na sela, deu ordem e o alazão empinou as patas dianteiras. Virou o focinho para a direção certa, e, antes de se distanciar, vi em um rápido relance a parte que até então eu não conseguia enxergar: a cabeça.

Desproporcional ao restante do corpo, o crânio era maior e alongado. Narinas rentes à boca, chifres pontiagudos e curvos, orelhas peludas e olhos humanos opacos e sem vida. Olhos do coronel. Não havia mais dúvidas: era Juvêncio Malachias. Aparência terrível, combinava com o dito-cujo...

Meia-noite relinchou alto e saiu em disparada, arrastando o maldito para as lonjuras do sertão. A boiada os acompanhou e, ao partir, o terremoto voltara para castigar a terra. Nuvens negras se aglomeraram em cima da fazenda e a escuridão retornava.

Com boa parte da estrutura danificada, a casa-grande agora ruía em pedaços. Primeiro, madeiras do telhado desabavam;

depois, portas e janelas; e, por último, um buraco negro sugava tudo para o fundo.

Exaurido, ainda consegui forças para fugir. Enquanto escutava o som da fazenda Ilhas sendo engolida, corri o mais longe que pude. Só parei quando a confusão cessou e alcancei uma árvore que parecia ser um esconderijo seguro.

Antes de cair de cansaço, tive tempo somente para desenhar outra estrela de proteção.

TÚMULO

Sentia algo diferente naquele lugar, suave e seguro assim como abraço de mãe. Pela primeira vez, dormi como uma criança e, por mais que o chão fosse duro, não me recordo nem mesmo de despertar para trocar de posição. Porém, quanto a sonhos, não tive nenhum.

Quando recobrei os sentidos, parecia que havia somente piscado as pálpebras por um tempo maior e meu corpo ainda reclamava do esforço. Permaneci deitado sem me mover.

A claridade doía e meus olhos enxergavam tudo meio embaçado. Acima de mim, uma cruz e uma árvore que fazia sombra generosa. Ao sabor da brisa quente, galhos balançavam e agitavam folhas verdíssimas. Vestindo preto dos pés à cabeça, uma figura murmurava palavras que entravam pelas minhas orelhas e pareciam me hipnotizar.

Estava no caminho da morte?

Com aquele calor? Não. Pelo menos *ainda* não. Assim como havia me dito aquela menina, filha do Edmé, a dona tinha mãos frias e acredito que morrer não deveria ser em tal temperatura.

Aos poucos, entendia os versos que eram ditos e reconhecia aqueles cabelos negros: era Umbelina! A mulher rezava compenetrada e levou um susto quando me movimentei.

— Nossa, capitão Raimundo! Graças a Deus, Nosso Senhor amado! Vosmecê está vivo! Que milagre! — disse, enquanto me ajudava a sentar.

— Bom dia, dona Umbelina. Ainda estou vivo, sim. Ao menos é o que parece...

— Achei que o capitão estivesse morto. Depois de tudo o que aconteceu, não é qualquer um que consegue escapar. A casa-grande foi engolida pelas profundezas da terra, restam apenas alguns pedaços de parede e telhas quebradas.

— Olhe, dona Umbelina, veja que não foi por falta de tentativas. Desde que cheguei nestas bandas, minha jornada tem sido dura.

— Eu sabia que o sinhô tinha alma boa e que ia conseguir sair dessa com Capiongo!

Enquanto a mulher falava, notei que meus antebraços e a mão quebrada não tinham sinal de inchaço ou qualquer traço de dor. Estavam curados. Como era possível aquilo?

— Minha mão, Umbelina. Veja! — falei espantado.

— Sim, mas o que tem ela? Está normal.

— É que eu quebrei e agora... Agora ela não tem mais nada!

— Deve ter sido o juazeiro, capitão. Falei antes para o sinhô que a árvore era poderosa.

Desta vez, porém, não procurei nenhuma explicação lógica para aquilo. Fiquei sem palavras, maravilhado com o que aconteceu.

Enquanto a mulher ia até sua montaria, um simpático jegue, minha visão voltava ao normal, e logo também pude identificar o local em que eu repousava: o túmulo de Maria Januária.

Jazia sob os braços do juazeiro e ao lado da cruz com o nome da mulher. Correndo no escuro, sem querer acabei indo parar no lugar que realmente precisava. Coincidência? Não, já não acreditava mais naquilo.

— Umbelina, a senhora sabia e não me contou nada sobre o vaqueiro Capiongo e sua boiada-fantasma. Por quê?

— Ora, Raimundo, todo mundo sabia, mas ninguém podia falar. Veja só, homem: o coronel tinha pacto de maldição com o dito e ameaçava todos por aqui. Quem falasse poderia perder tudo, e nenhuma pessoa ousava desafiá-lo. Mas saiba que agora acabou, Capiongo finalmente teve sua vingança. Pode ficar tranquilo.

— Não. O caso infelizmente não acabou. Capiongo precisa reencontrar o túmulo de seu grande amor, Maria Januária, ou não descansa em paz. — Sabia que a história não encerrava por ali. Não me dava por satisfeito. Precisava encontrar a cova e dar sossego ao vaqueiro. — A senhora sabe me dizer onde fica?

— Oxe, capitão, claro que sei. O túmulo está aqui mesmo embaixo docê!

— Não, dona Umbelina, quero encontrar o verdadeiro...

De repente, percebi duas coisas importantes: Umbelina realmente tinha razão no argumento e não era à toa que eu havia dormido justamente por ali. Portanto, precisava verificar com meus olhos, mesmo sabendo que o coronel escondera o corpo em outro lugar e que a cova era pura falsidade.

Antes, macaxeira no bucho, e só depois fui abrir a terra.

Comecei a cavar em busca do caixão. Sem pá, o caminho deveria ser aberto com minhas próprias mãos. Assim, os dedos corriam pelo solo bruto e abriam passagem com dificuldade por entre raízes e pedras. À medida que o buraco aumentava, a terra ficava mais macia e insetos subterrâneos surgiam.

O suor escorria do meu rosto, molhava meus lábios e trazia lembranças salgadas da beira-mar. O buraco ia cada hora mais fundo e já alcançava pra longe de sete palmos.

Na superfície, a mulher tocava orações em seu bandolim e me esperava. Após quase duas horas de esforço, até que enfim alcancei. Arrodeei as beiras do caixão, amarrei com uma corda e, usando a ajuda do jegue, arriamos para cima.

A madeira permanecia preservada e, de dentro, um aroma agradável exalava no ar. O mesmo que invadira meu quarto na minha primeira noite na Ilhas... Peguei uma faca das coisas de Umbelina e soltei os pregos enferrujados que lacravam o tampo. Conforme abríamos, o cheiro aumentava.

Ao abrir, não vimos nenhum traço de corpo, assim como eu já esperava. Porém, para nossa surpresa, encontramos, enrolada em um pedaço de pano vermelho, a flor de mandacaru!

Embora já passados mais de cinquenta anos, ela permanecia intacta. A beleza das pétalas brancas deslumbrava, e o perfume parecia ter aumentado ao longo do tempo. Agora eu não tinha mais dúvida: fora mesmo Maria Januária quem me entregara as fotografias.

— Geralmente ela dura só uma noite! — impressionada, Umbelina exclamou ao ver a flor.

Minha hipótese se confirmava, e o túmulo realmente não passava de mera enganação. Seu corpo estava perdido pela imensidão da caatinga, e o único que sabia o segredo havia partido…

Então como faria para achar? Minhas esperanças se esvaíam pelo ar junto com aquele cheiro.

— É, Umbelina, acho que é isso…

Debruçado sobre o caixão, peguei a flor na mão e notei a presença de Januária bem próxima. Sentia uma ligação forte com a história de amor dos dois. Uma profunda tristeza recobria minha alma ao pensar que o meu papel naquela trama parecia se encerrar.

Fechei os olhos e chorei manso. Lágrimas escorreram do meu rosto e caíram no solo. Enquanto me lamentava, escutei o barulho de galhos se retorcendo.

— Capitão, acho melhor o sinhô ver isso — Umbelina sussurrou no meu ouvido, colocando a mão sobre o meu ombro.

JUAZEIRO

O som vinha do próprio juazeiro. Parecia que havia algo dentro dele que tentava se comunicar. O ruído era grave e aumentava segundo após segundo. Espantado com aquilo, o jegue partiu em disparada e, em precaução, Umbelina e eu demos alguns passos para trás. Permanecemos imóveis sem entender o que acontecia.

Ao derramar lágrimas sobre as raízes, estas começaram a se romper e desprender do chão. Os galhos moviam-se assim como os braços de uma pessoa, e as folhas mudavam de cor e alternavam entre tons de azul, verde e amarelo.

No meio do tronco, um olho se abriu e cruzou diretamente com os nossos olhares. Pupilas negras, cílios alongados e íris de cor castanha. Nunca tinha visto algo parecido com aquilo: a árvore criava vida animada!

Olhar sereno, o juazeiro parecia nos chamar para algum lugar. Se espreguiçou esticando os galhos para o alto, virou e começou a caminhar com gestos lentos. A cada passo, abria buracos no solo seco e insetos brotavam da terra. Seguia em direção a um ponto escurecido no horizonte, a uns quinhentos metros de distância. Acompanhamos e fomos no rastro até o local indicado.

Ao nos aproximar, vimos que a mancha era, na verdade, um grupo imenso de urubutingas. As mais de duzentas aves recobriam um conjunto de rochas altas e, pulando desajeitadas, logo partiram para longe.

As pedras tinham uma coloração esbranquiçada e um cheiro desagradável trazia tontura para a cabeça. Prestando mais atenção, vi que a superfície tinha dejetos dos animais por todos os lados. Além disso, o solo também estava completamente esturricado e nenhuma planta crescia nos arredores.

Assim que chegamos, o juazeiro olhou para nós uma última vez, cravou suas raízes na terra, voltou a uma posição estática e silenciou-se. Novamente, o vento balançava gentilmente seus galhos.

Naquele momento percebi os poderes extraordinários que brotavam de suas folhas e, não à toa, o porquê da árvore ser idolatrada pelos sertanejos, por sua magia.

— E agora, capitão? O que faremos? — Umbelina estava completamente estarrecida com o que acabara de ver.

Pela primeira vez naqueles dias todos, eu sabia exatamente o que fazer na situação, mais do que uma pessoa que morava na região e estava habituada com aquela realidade diferente. Me sentia mais próximo do sertão.

— Espere e verás, Umbelina.

Era isso: encontrara o túmulo bem na nossa frente. Estava prestes a achar a verdadeira cova! Meu coração batia forte e, por incrível que pareça, minhas mãos tremiam.

Pus a jabiraca no rosto para aliviar o cheiro terrível e me enfiei na loca de pedras. A passagem era apertada e a claridade escassa, mas mesmo assim me espremi por entre as rochas e teias de aranha.

O buraco levava para alguns metros abaixo e terminava em um amplo salão. Aos poucos, minhas pupilas foram se acostumando à escuridão e, então, pude ver lá dentro quem eu tanto procurava: Maria Januária.

Jazia deitada bem no meio, sobre uma cama de granito. Não dava para enxergar o rosto, pois o corpo todo estava envolto em um pano vermelho. Um pequeno facho de luz alumiava sua presença e, ao redor, sombras de figuras disformes e obscuras. Assustadoras, pareciam aprisionar a alma da mulher...

MARIA JANUÁRIA

Apesar do sol bater meio-dia e esquentar muito, lá embaixo a temperatura esfriava bruscamente. Minha respiração se tornava ofegante e eu tinha a sensação de que o ar se acabava. A expiração se condensava em vapor e as orelhas gelavam.

Coragem, Raimundo!, pensei comigo mesmo e, sem pestanejar, fui até o corpo de Maria e tentei puxá-lo com toda a disposição, mas não consegui. Parecia que alguém — ou *alguéns* — a segurava.

Orei em pensamento um trecho da Sete Ventos — *Trago no meu peito o sino-salomão. Ilumine meu caminho nas trevas aonde for. Louvado seja Deus Nosso Senhor. Amém.* — e imaginei uma luz cintilante e poderosa me dando forças.

Os ensinamentos do vaqueiro Salus foram de grande valia e, rapidamente, consegui carregá-la nas minhas costas. Voltei como um raio para fora e a coloquei sob a sombra do juazeiro.

— Deus é grande! Minha Nossa Senhora! Santa Luzia que abençoa seus passos! Vosmecê conseguiu, Raimundo dos Anjos! — Radiante, Umbelina vibrava de alegria.

Assim que repousamos o corpo sobre a terra, plantas nasceram em volta, as rachaduras causadas pela seca se fecharam e o grito em lamento de José Capiongo ecoou distante. O tremor da boiada-fantasma abalava tudo e o vaqueiro amaldiçoado se aproximava.

— Venha, dona Umbelina! Pra cá, rápido!

Peguei distância adequada e tracei um sino-salomão para nossa proteção. Embora estivesse prestando ajuda, tinha que confiar desconfiando. Afinal de contas, não sabia o que poderia acontecer.

Em questão de minutos, as reses assombradas tomavam conta de toda a planície e, por entre o mar de chifres, Capiongo galopava em nossa direção.

Passou ligeiro por nós e foi direto para o juazeiro. Logo, o vaqueiro desceu do alazão, ajoelhou-se e descobriu o rosto de Maria Januária. Novamente, soltou a voz no mundo:

— Êêê ôôôiii!!!

Entretanto, desta vez, o chamado não transparecia agonia: era alegre e radiante e, em um gesto bonito, deu um beijo em sua amada. Ao receber o beijo, Januária voltou dos mortos!

De onde estávamos não era possível ver o seu rosto, mas a beleza não deixava dúvidas da fama. Maria levantou-se, passou carinhosamente a mão na cabeça de Nevoeiro, subiu na garupa de Meia-noite e, finalmente, partiu para longe com José Capiongo.

À medida que os quatro se distanciavam na linha do horizonte, suas formas desapareciam dos nossos olhos, assim como também toda a boiada que nos arrodeava. Em poucos segundos, todos sumiram e, de repente, diversas estrelas brilharam intensamente em pleno céu de meio-dia.

Mistério resolvido de uma vez por todas, agora era hora de voltar. Com a fazenda Ilhas em ruínas, Umbelina me acolheu em sua casa e deu roupas antigas de seu pai, o vaqueiro Livino. No dia seguinte, me acompanhou até a estação ferroviária.

Eu precisava percorrer cerca de quatrocentos quilômetros em cima dos trilhos de volta para o litoral.

— Faça boa viagem, capitão Raimundo dos Anjos. Sempre que quiser, o sinhô é muito bem-vindo aqui em Patos! Desejo muita luz em seu caminho!

Foram as últimas palavras de Umbelina. Me despedi dela com um forte abraço e embarquei no monstro de ferro.

Depois de uma jornada longa e cansativa, chegava a hora de voltar para a beira do Atlântico. Entretanto, dessa vez, os buritis, mandacarus, juazeiros e xiquexiques que se distanciavam é que deixavam saudade pela vida afora.

Enquanto o trem passava por cima do rio Espinharas, encontrei um envelope no bolso do paletó que trazia o meu nome.

Ao abrir, lá estava a mesma fotografia dos vaqueiros que encontrara na primeira noite na fazenda, quando iniciei a investigação.

Porém, para minha surpresa, o retrato tinha cores e o quarto sujeito aparecia nitidamente: era José Capiongo. Trazia expressão boa no rosto e estava com o seu cachorro, Nevoeiro. Na mão, segurava uma flor de mandacaru...

A paisagem árida de domínios da caatinga trouxera aprendizados valiosos que uso até hoje. Minha fé, melhor proteção e arma para qualquer refrega. No peito sempre trago o sino-salomão, a estrela que me guia e ilumina.

Nunca mais voltei para Patos e não tive novas notícias de Salus ou Umbelina. Mas, vez por outra, ainda vejo os seus rostos em meus sonhos. Tenho saudades.

Quanto ao Capiongo, dizem por aí que, quando alguma injustiça acontece, a terra treme e o seu grito ainda ecoa no sertão.

SAIBA MAIS

CANGAÇO: o termo tem origem na palavra *canga*: peça de madeira colocada nos bois de carro. Isso porque o bandoleiro antigo trazia o bacamarte passado sobre os ombros, como uma canga. Dizia-se: "Andava debaixo do cangaço". Com seu modo de vida peculiar, o cangaço foi um fenômeno exclusivamente brasileiro. Durante a colonização, no século XVIII, iniciou-se no Cariri o processo de criação de gado. Com autorização para se defender dos índios, os colonos organizaram e financiaram bandos para essa proteção. Após cumprirem sua missão, eles passaram a agir sob os desígnios de seus chefes. Em fins do século XIX, alguns cangaceiros, apoiados em seu próprio prestígio, destacaram-se dos coronéis, perseguindo livremente o seu destino. Logo surgiram diversos agrupamentos itinerantes de homens armados que faziam da extorsão e da vingança o seu meio de vida. Alguns dos cangaceiros mais célebres foram: Cabeleira, Jesuíno Brilhante, Luís Padre, Antonio Silvino e Lampião. O ciclo do cangaço encerrou-se em 1940, durante o governo de Getúlio Vargas, com a morte de Corisco, também chamado de Diabo Loiro — um dos principais chefes de bando de Lampião.

CAPIONGO: também conhecido como o Gritador. Algumas lendas fazem alusão a José Capiongo, principalmente no vale do São Francisco. Apesar das variações, há uma raiz comum, que conta a história de um vaqueiro que saiu para tanger a boiada em uma noite de Sexta-feira da Paixão e sumiu misteriosamente. Desde então, virou assombração e, com seu cavalo e seu cachorro, vive em grande tristeza aboiando reses invisíveis.

CARIRIS: Inúmeras resistências indígenas se impuseram contra o domínio europeu, e a Confederação Cariri foi uma delas. Durante o século XVII, grupos indígenas do sertão nordestino travaram uma série de conflitos contra os latifundiários portugueses que invadiam suas terras. Apesar da resistência, foram derrotados. Os vencedores denominaram o ocorrido Guerra dos Bárbaros.

COMUNICAÇÕES NO INÍCIO DO SÉCULO XX: na primeira metade do século XX, o rádio era o principal meio de comunicação em todo o Brasil e por ele eram transmitidos novelas, programas de música e noticiários. O mais conhecido noticiário era o *Repórter Esso*, versão brasileira do programa norte-americano *Your Esso Reporter*. Financiado pela empresa Standard Oil Company e porta-voz dos posicionamentos dos Estados Unidos e de seu modo de vida, o programa começou a ser transmitido no país em 1941, apoiado pelo então presidente Getúlio Vargas, e ficou no ar até 1968. Na televisão, que só chegou ao Brasil na década de 1950, o noticiário foi transmitido de 1952 a 1970.

CORDEL: a literatura de cordel é um gênero literário derivado da tradição oral medieval, na qual versos rimados eram entoados acompanhados de instrumentos musicais, como a viola, a rabeca ou o pandeiro. O início da impressão desses versos em papel data do renascimento e sua prática foi trazida para o Brasil pelos portugueses. O cordel é bastante disseminado, em especial no Nordeste, e ganhou esse nome porque seu folheto é exposto para a venda em cordas, pendurado como num varal. Os temas das histórias, cantadas em estrofes de seis, oito ou dez versos, são variados: episódios cotidianos, temas históricos, lendas, etc. As figuras típicas da região, como o vaqueiro e o coronel, são comuns nessa literatura.

CORONEL: patente militar outorgada de início durante a Guerra do Paraguai para titular latifundiários que colaboravam com o esforço de guerra, fosse formando milícias, fosse mandando escravos para o combate. Pouco a pouco, o termo *coronel* passou a significar não um posto militar, e sim uma personalidade importante. Quando a parentela é poderosa, quem a dirige se torna o chefe político de uma localidade ou mesmo de uma região: é o poderoso coronel de uma zona. Os jagunços, indivíduos de um tipo de milícia particular, impunham a vontade do coronel através da violência.

JUAZEIRO: árvore símbolo da caatinga sertaneja, é também conhecida como joá, juá, juá-fruta, juá-espinho, laranjeira-de-vaqueiro, entre outros nomes. De estatura mediana e copa volumosa mas não muito densa, é capaz de buscar água no subsolo em períodos de estiagem e tem fruto comestível, consumido especialmente pelo gado. Por conseguir sobreviver em meio a uma vegetação muito árida, é chamada de "mãe do sertão" e deu origem a várias lendas, ligadas a longevidade e benesses.

MÁUSER: a pistola Mauser C96, de fabricação alemã, foi bastante utilizada em todos os conflitos ocorridos entre o século XIX e a primeira metade do século XX. Foi a primeira pistola semiautomática de uso geral fabricada no mundo. Curiosamente, o cangaceiro Lampião tinha como sua arma "longa" (arma de combate) um mosquetão Mauser modelo 1908.

RELIGIOSIDADE: pode ser considerada a reação do sertanejo à inclemência do seu meio, já que a transcendência torna a rudeza da terra suportável. Diante das difíceis condições da população sertaneja, parte significativa dela se apega à fé em momentos críticos. A Oração da Pedra Cristalina, por exemplo, "fecha o corpo" de quem a profere e protege do mal. Já a devoção a são José é ligada à seca; assim, caso não chova no dia do santo (19 de março), seus devotos consideram que esse é um aviso de que a estiagem será severa; caso chova, ela será mais tranquila, o que é considerado uma bênção.

SAL: o pagamento em sal foi uma prática de sociedades antigas, datadas de muitos séculos antes de Cristo. O sal era uma mercadoria valiosa por ajudar a conservar os alimentos tanto no verão como no inverno. Por seu alto valor comercial, o pagamento de determinados serviços ou produtos era a ele atrelado — há, por exemplo, registros de pagamentos feitos a soldados romanos. Por isso, tornou-se sinônimo de dinheiro.

SEGUNDA GUERRA MUNDIAL: conflito mundial entre os países Aliados (Estados Unidos, Inglaterra e França) e os países do Eixo (Alemanha, Itália e Japão). Durou de 1939 a 1945. O Brasil, no período presidido por Getúlio Vargas, mantinha relações diplomáticas com a Alemanha nazista e, somente em 1942, após a troca de vantagens econômicas com os Estados Unidos, o país entrou definitivamente no conflito ao lado dos Aliados. Nessa guerra, algumas novidades tecnológicas e táticas foram implementadas, como a infantaria paraquedista, amplamente utilizada pelos Aliados por conta de sua mobilidade. Já os alemães se destacaram no uso dos tanques de guerra Panzerkampfwagen (veículo blindado de combate), mais conhecidos como tanques Panzer.

SERTÃO: nome que se dá a uma das quatro sub-regiões do Nordeste brasileiro. Seu clima é o tropical semiárido, quente e seco. A caatinga é a vegetação predominante e seu bioma é considerado único: não há em outra região do planeta um ecossistema igual. No período da seca, as folhas dos arbustos e árvores caem e seus troncos ficam esbranquiçados — por isso, o nome que significa "mata branca" em tupi. O habitante símbolo dessa região é o vaqueiro, associado à coragem e à virilidade por conta da hostilidade de seu meio. A seca atinge social, política e economicamente o Sertão, que contrasta em diversos sentidos com a Zona da Mata, a faixa litorânea, amplamente povoada e alvo de maiores investimentos de estrutura urbana.

SINO-SALOMÃO: o "signo de salomão", ou estrela de davi, consiste em uma estrela de seis pontas formada por dois triângulos justapostos em sentidos contrários. Ela é associada também ao judaísmo, mas no Nordeste é considerada um símbolo forte de proteção. No cangaço, o signo de salomão traz em si a noção difusa, mas nem por isso pouco robusta, de poder, proteção e devolução das ofensas ao pretenso ofensor, transcendendo a condição defensiva de amuleto para arranhar os limites da magia, aproximando-se ainda do conceito de talismã. Acredita-se que o próprio universo esteja contido nele. Também é chamado pelo povo por outros nomes, como: signo-salomão, signo-saimão, sinsalamão, sinseimão.

VAQUEIRO: responsável pelo rebanho, é uma das figuras mais simbólicas do sertão. Suas tarefas incluem: cuidar, domar, vigiar e tanger o gado, ou seja, guiá-lo em direção ao pasto ou por algum trajeto determinado. Para isso, o vaqueiro se utiliza de aboios e toadas, espécies de cantigas que "encantam" a rês e o auxiliam na tarefa. Para aguentar a vegetação espinhosa da caatinga e o sol do sertão, a roupa do vaqueiro é feita de couro e composta de gibão, chapéu, perneiras e luvas.

REFERÊNCIAS BIBLIOGRÁFICAS

CASCUDO, Luís da Câmara. *Dicionário do folclore brasileiro*. 11. ed. ilustrada. São Paulo: Global, 2001.

AMAURY, Antonio; FERREIRA, Vera. *De Virgolino a Lampião*. São Paulo: Ideia Visual, 1999.

MELLO, Frederico Pernambucano de. *Benjamim Abrahão: entre anjos e cangaceiros*. São Paulo: Escrituras, 2012.

________. *Guerreiros do sol: violência e banditismo no Nordeste do Brasil*. Prefácio de Gilberto Freyre. 5. ed. São Paulo: A Girafa, 2011.

QUEIROZ, Maria Isaura Pareira de. *Os cangaceiros*. Tradução da autora. São Paulo: Duas Cidades, 1977.

Agradeço a:

Nega Thê, pela poesia e parceria nos livros afora.
Luana, por todo amor, apoio e carinho.
Luiz Bueno, pela enorme parceria, ajuda e amizade.
Marli de Almeida, por toda a força e carinho de Trás-os-Montes.
Adriana Ancona, pelas sábias palavras e incentivo no caminho.
Angela Leite, por toda a mestria na arte da xilogravura.